眠る探偵 人物紹介
Introduction of Sleeping Detective

イラストレーション／石原《いしはら》 理《さとる》

これはほんとうの俺じゃない。

これはほんとうの私ではない。

もっと違った自分になれたはず。もっと違った人生があったはず。

もっと良いなにか。

もっと楽しいなにか。

もっと素晴らしいなにか。


鏡を見る。

冴《さ》えない自分が映っている。

でも違う。これはほんとうの自分ではないのだ。

もっと、もっと、もっと、きっとなにかがあるはずなのだ。なんなのかわからないけれど、なにかが。きっとなにかが。


誰か硬いものをおくれ。

——今すぐ、この鏡を割らなければ。

鏡よ、鏡

眠る探偵Ⅱ

榎田尤利

white
heart

講談社X文庫

目次

連雀利彦
TOSHIHIKO RENJAKU
心理学者
不破 隆
TAKASHI FUWA
探偵助手
市羅木笑子
EMIKO ICHIRAGI
真音のひとり娘
市羅木真音
MAON ICHIRAGI
探偵

鏡よ、鏡

眠る探偵 II

＊＊＊

一月末、未明。

東京都江戸川区《えどがわく》、荒川《あらかわ》にほど近い道路に、キィキィと自転車の音が響いていた。

懸命にペダルを踏み込むのは、まだ歳若《としわか》い吉井一成《よしいかずなり》巡査だ。

ブレーキを握ると甲高く耳障《みみざわ》りな音が響き、吉井巡査は「ちくしょう」と呟《つぶや》いた。ついこのあいだ油を差したばかりだが、古すぎる自転車は手入れが追いつかない。新しいものを申請すればいいのに、上司は「まだ乗れる」を繰り返すばかりだ。

くそ、こんな寒い夜明けに、ボロ自転車を漕《こ》ぐなんて。角を曲がって川沿いを走りながら、吉井巡査は心中で不平不満を零す。

警察官になって一年目、配属先は地域課で派出所勤務である。地味だが、楽な仕事ではない。楽ができると思って警察官になったわけではないのだが、もう少し大きな事件に関《かか》わりたかった。管轄区域が平穏無事というわけではない。ひったくりや空き巣などは増加傾向にあるし、留守宅と思って侵入した犯人が、住人と出くわして強盗傷害になるケースも発生している。一昨日《いっさくじつ》には近隣のアパートに住む女性が何者かに刺され、昨日はまたしても同じアパートで、誘拐事件が発生した。誘拐といっても成人男性なのだが、いずれにせよ滅多に起きる事件ではない。

捜査本部も設置されたが、派出所勤務の新人の出る幕はなさそうだ。以前、管内で強盗傷害事件が起きた時には、捜査に協力すべく自ら聞き込みを行った。だが、勝手な真似《まね》をするなと大目玉を食らってしまった。

「道案内と酔っぱらいの世話ばっかだしよ……」

こんなはずじゃなかった。吉井巡査がそう思ったのは一度や二度ではない。保護した酔っぱらいに反吐《へど》をかけられるたび、自分にはもっと他の道があったのではと考える。

「……かと思えば、わけわかんねえイタズラ電話だ」

つい五分前のことだ。

派出所の電話が鳴った。名乗りもせず、男の声で、

——千本桜堤《せんぼんさくらつつみ》で面白いものが見られるよ。

それだけ言って電話は切れた。

千本桜堤は荒川の堤防整備工事の一環として、国土交通省が文字どおり千本の桜を植樹した区域である。小松川橋《こまつがわばし》を渡って少し南に下ればいいだけだから、これほど寒くなければ自転車でも苦になる距離ではない。

「けど、堤は二キロも続くんだぞ……いったいどこでなにがあるってんだよ。季節外れの桜が咲いたとでもいうのか？　でなきゃ寒空にお巡《まわ》りをうろうろさせて、どっかで笑って観察してる奴でもいいんのか……？」

独り言をぼやくだけで、前歯が冷たくなる。

予報によると、今日は低気圧が近づき、雪になるかもしれないとのことだ。先々週、一月の中旬には、都内に四センチの降雪があった。都会の人間は雪に弱い。吉井巡査も目の前で転倒した老人を背負って、病院まで送ってやった。

千本桜堤に出る。空は少しずつ明るくなってきた。

今は寒々しい桜の木々が左手に続いている。右手には荒川の河川敷《かせんしき》だ。自転車を止めると、風の音がより鮮明に聞こえて寒さも増す。

なにもないじゃないか。

最初はそう思った。

確認のためとはいえ、ここから二キロも走ってまた戻るのかと思うとうんざりする。それでも「見てきたことにしよう」と引き返すには、吉井巡査はいささか真面目《まじめ》な若者だった。いやいやながらも、再びペダルに足をのせて体重を掛ける。

そして、それが見えてきたのはすぐだった。

本当にすぐだった。おそらく、最初に止まっていた時点で、よくよく目をこらせば見えていたはずだ。

路上に落ちている、大きな黒い塊《かたまり》。

吉井巡査はブレーキをかけた。

考えての行動ではない。彼の本能がそうさせた。行ってはいけない。あれは見てはいけないものだ。それでも、もう一度ペダルを踏み込んだのは「自分は警官なのだから」という義務感からだ。

自転車を少し走らせ、また止まる。

サドルから下りて、自転車を引きながらゆっくりと近づく。膝《ひざ》の関節が硬いのは寒さのせいだけではない。

荒川から風が吹く。

黒い塊から、黒い雪のようなものが剥《は》がれては散る。

春ならば、桜が吹雪《ふぶ》くこの場所に、それらが舞い散っている。

煤《すす》だ。

あれは、なにかが焦《こ》げているのだ。

なにが焦げているのか、そのおおまかな形状からすでに予想はついていた。それでもまさかと唱えながら、少しずつ近づいてゆく。

風の方向が僅《わず》かに変わり、異臭が鼻を突いた。

経験したことのない、いやな臭《にお》いだった。腐った肉を焼いたら、こんな臭いになるかもしれない。慌てるな、落ち着け。曲がりなりにも警察官ではないか。吉井巡査は自分に言い聞かせる。

周囲は次第に明るくなる。

黒いばかりだと思っていたそれに、白い部分が見える。

歯だ。

塊は、こっちを向いていた。そしてカッと大きく口を開けていた。

喉《のど》の奥の粘膜が見える。他の部分は真っ黒でわからない。髪は半分ほど残っているようだが、男女の区別すらつかない。


風が吹く。

黒い雪が顔のすぐ前でひらひらと躍っている。

自転車が倒れ、吉井巡査は耐えきれずに叫んだ。

1

「雪だるまと雪うさぎ、どっちがいい」

「どっちもいらん」

「ねえってば。どっちがいい、タカちゃん」

「だからどっちも……なんだ、その格好は」

煙草《たばこ》を咥《くわ》えて振り返った途端、不破隆《ふわたかし》は驚いた。

「だって、外、雪降ってるから」

「だからって、南極にオーロラ見物に行くわけでもあるまいし」

探偵は膝下《ひざした》まである黄色いダウンジャケットを着込み、オレンジ色のマフラーを顎《あご》が隠れるほどぐるぐると巻きつけている。更にぽわぽわした人工毛皮のイヤマフをつけ、青いサングラスをし、赤い手袋をはめて黒いブーツを履いていた。

珍妙な出《い》で立《た》ちをした探偵を、不破は呆《あき》れ顔《がお》で見つめる。

怪しい。実に怪しい。

こんな格好の男が、喜々として雪だるまだの雪うさぎだの作っていたら、警察官に職務質問されても文句は言えない気がする。

「すごい配色だな」

「マフラーはタカちゃんがくれたんじゃないか」

「そりゃそうだけど。組み合わせの問題だ」

　不破がそのマフラーを買ったのは年明け早々だった。

　バーゲンでなんとなく目につき、こんな派手な色のマフラー誰がするんだろうと興味本位で手にした時、ふと探偵の顔が浮かんだのである。ついでに笑子《えみこ》には淡いブルーを、自分には濃い茶を購入した。本当に安物だったし、単なる気まぐれにすぎなかったのだが、探偵はとても喜んだ。見ているほうが恥ずかしくなるくらいの喜びようで、朴《パク》小母《おば》さんにまで見せに行く始末だ。一方、クールな姪《めい》っ子《こ》は「ありがとう」とだけ言い、だが毎日の登下校に愛用してくれている。

「雪うさぎの目はさ、やっぱ南天《なんてん》の実だよね。けどこのへんに南天あったっけ？」

「知るか。そんなことより、もうすぐ依頼者が来るんだぞ」

「ウン。よろしく」

「よろしくじゃない、たまには仕事をしろよ」

「依頼者の話を聞くのはタカちゃんの仕事だろ」

「その後の細かな調査も尾行も聞き込みも俺の仕事だろうが。あんたの仕事はいったいなんなんだ」

「うるさいなあ。僕の仕事は雪うさぎと雪だるま！」

怪しい格好のまま、探偵は仁王立《におうだ》ちになって開き直る。

「なんだそりゃ」

「だからさ。笑ちゃんが帰ってきた時、ビルの前に雪うさぎがいたら可愛《かわい》いだろ」

「それとこれとは、話が違うだろうが」

「違わない」

「違う！」

「あのう、お取り込み中失礼しますが……」

おずおずと割り込んできた声に、不破ははたと我に返り、入り口に視線を向けた。

コートの肩にうっすらと雪を積もらせ、ひとりの男が立っている。時計を見れば、すでに約束の時間に近い。

「あれ。また降ってきた？」

「は？」

オーロラ見物人にいきなり問われて、おとなしそうな男が面食らう。

「雪ですよ、雪。やんだから雪うさぎ作ろうと思ったのに」

「ああ、はい。また降ってきましたよ。電車が止まらないといいんですが」

「あーホントだ。結構降ってるなあ」

　来客そっちのけで窓辺により、探偵はブラインドの隙間《すきま》に指を突っ込む。不破は軽い頭痛を感じながら、来客に向かって頭を下げた。

「騒々しくて申し訳ありません。ご連絡いただいた小山《おやま》さんですね？」

「はい」

「どうぞ、こちらにお座りください。ああ、コートは掛けておきましょう……コーヒーでよろしいですか？」

「あ、はい。いえ、お構いなく」

　どっちつかずの返事をしながら、男はコートを脱ぐ。会社を抜け出してきたのだろうか、中はグレーのスーツだった。ややぽっちゃりした体型で、身長は平均値、セルフレームの眼鏡《めがね》をかけ、堅実さと気弱さを併《あわ》せ持《も》つ男だ。

「これは当分やまないだろうな……しょうがないから、仕事でもするか……」

　呟《つぶや》いた探偵は大股《おおまた》で歩きながらダウンジャケットを脱ぎ、マフラーを取り、手袋を外して、依頼者のコートを掛けようとしていた不破に押しつける。

　あっというまに両手に溢《あふ》れそうな衣類を抱えた不破は「おい」と探偵を睨《にら》んだ。だが睨まれたほうは涼しい顔である。そのまま接客スペースに収まった小山の前に腰を下ろし、長い両脚を組み、間違っても行儀がいいとは言えない浅い座り方をした。目立ちたがりのミュージシャンが好むようなブルーのサングラスはまだ外していない。

「あの」

小山が不安げな声を出す。

この探偵事務所は大丈夫なのだろうか、とその顔に書いてある。インターネットで見た限りはきちんとしていたようだし、メールでの対応をしてくれた担当者も親切で丁寧だった。だが、いざ訪れてみると、なんだか怪しげな男が雪うさぎがどうこうと言いながらふんぞり返っている。……これで不安にならないわけがない。

そもそも、探偵事務所などという場所に来るからには、すでになにがしかの不安要素があるからなのだ。

「ようこそいらっしゃいました。ええと、コヤマさん？」

「オヤマさんだ」

コーヒーを出しながら、不破は訂正する。口頭での説明はもとより、資料も前もって渡してあるのに、どうせこの探偵は読んじゃいない。

「小山、光俊《みつとし》です」

来客に丁寧に頭を下げられてしまい、さすがの探偵も肩を竦《すく》めて座り直す。

「市羅木真音《いちらぎまおん》です。ええと、名刺……名刺……タカちゃん、僕の名刺」

不破は溜《た》め息《いき》を押し殺しながらジャケットの内ポケットから名刺入れを出し、自分のではなく探偵の名刺を出す。

不破から名刺を受け取り、小山はやや戸惑った顔を見せる。いったいどっちがどっちなのか混乱しているのだろう。不破は改めて、

「こちらが市羅木真音、当事務所の探偵です。私は助手の不破と申します」

そう紹介した。小山はやっと納得顔を見せ「お世話になります」と会釈《えしゃく》する。いいのか、お世話になっちゃって。こんな探偵なのに、もう依頼するって決めちゃっていいのか？　などと突っ込みたくなった不破だが、小さく咳払《せきばら》いをするにとどめて探偵を軽く肘《ひじ》で突《つつ》いた。

「なに」

「サングラスを取れよ」

「あ、そっか。なんか妙に部屋が青いと思ったんだよ。えーと、市羅木です、よろしく小山さん。で、ご依頼はなんでしたっけ、浮気調査でしたっけ？」

「いえ、迷惑メー……」

言葉が途中で止まったのは、まともに探偵の顔を見てしまったからだ。

口を開けた状態のまま、小山は眼鏡の奥の目をぱちくりさせた。いいかげんこの手の反応に慣れてきた不破は、特になにも言わないまま自分のコーヒーを啜《すす》る。放《ほう》っておけばいい。男も女も、五秒もすれば、我に返るのだ。

「めいわくメー？　なんですか、それは」

「あ」

そして探偵が視線を合わせてきた途端、パッと目を逸《そ》らす。これもいつも同じパターンだ。初対面でこの男ときっちり目を合わせていられる者はほとんどいない。

市羅木真音は類希《たぐいまれ》な美貌《びぼう》の持ち主なのである。

と、決まり文句にしてしまうとなにやら絵空事だが、事実なのだから仕方ない。

絹の黒髪に、白磁の肌。眦《まなじり》のくっきりとした目に、日本人にしては高く、だが欧米人ほどに主張しない鼻。口を開けば素《す》っ頓狂《とんきょう》だが、閉じている限り花びらを置いたかのごとき唇。煉瓦色《れんがいろ》のハイネックニットに、細身の黒いパンツ。ポーズをとればファッション誌の一頁《ページ》のようだ。もっとも、古びた探偵事務所が背景ではさまにならないが。

とにかく、よくできた顔である。

半分であれ、自分と同じ血が流れているとは思えない。

ならばこの顔に生まれたいかと言えば、不破は結構ですと断るだろう。こんな目立つ顔はいやだ。他人にちらちら、あるいはじろじろ見られるのもごめんだ。不破はこの無愛想《ぶあいそう》な顔でいい。まだ二十九なのに、女子高校生にオジサンと言われても構わない。

「め、迷惑メールです」

「ああ、迷惑メールね」

「それと、嫌がらせめいた、無記名の届け物だとか」

「ふんふん、届け物。タカちゃん、メモして」

「してる」

「具体的にどんなものが届くんですか？」

はい、と小山は内ポケットから数枚の写真を出した。それをテーブルの上に置き、心細そうな声を出す。

「証拠になるかと思って、一応撮《と》っておいたんです」

「わ、なんだこりゃ」

探偵が眉《まゆ》を寄せて写真を覗《のぞ》き込《こ》む。手に取るのもイヤだという顔だ。

「ゴミ、ですか」

不破の問いに、小山は頷《うなず》いた。

「最初は枯れた花でした。それからぐちゃぐちゃに崩れたケーキ、年が明けると黴《かび》だらけのお餅《もち》」

「なるほど。違《たが》えようもなく、ゴミだね。ええと日付が……花が十二月五日、ケーキが二十七日。あ、クリスマスケーキの残りかな。で、餅は一月の十日……ということは、一昨日《おととい》だ」

「はい。こちらは迷惑メールのプリントアウトと、バックアップファイルです」

小山が渡した紙束は結構な厚さがあった。

探偵がそれをざっと捲《めく》っていく。横から覗いていた不破にもいくつか読みとることができる。アドレスはフリーメール——匿名で利用できる、いわゆる捨てアドである。

「嘘《うそ》つきめ！」

小山がぎくりと首を竦めた。いきなり探偵がメールの文面を音読したからだ。しかも独特のやや甲高い声で、朗々と読み上げる。

「生きてる資格なし、キモ男、糞野郎《くそやろう》、恥知らず、みんな嗤《わら》っているぞ、みんな怒っているぞ、早く死んでください、死んだらほめてやる——」

「おい、黙って読めよ」

「こっちを見るな、息するな……。息するなって言われてもなあ。ふうん、でも、あんまりオリジナリティーはないね」

メールはどれも短く、ほとんどは一文、あるいはせいぜい数行の文章だった。だが頻度が尋常ではない。タイムスタンプを見ると、それらは日に何十通も出されている。相手は複数の捨てアドを所有し、しかも頻繁《ひんぱん》にアドレスを変えている。

ほとほと困った声で小山は話す。

「パソコンを起動すると、いつもすごい数のメールが届いてて……それがもう一か月くらい続いてるんです。いいかげん、げんなりしてきました」

「なるほど」

探偵は紙束を眺めつつ、横に座る探偵助手を見ながら、右手の指を二本立ててみせた。手のひらは内側、つまりピースサインとは反対にしている。煙草をくれ、の合図だ。

「それで、小山さん」

「はい」

「こういったものを受け取る心当たりは？」

「特にないのです」

不破は探偵が愛飲しているメンソールの煙草を咥え、火をつけながら会話を聞く。煙草に火をつけて渡すのは、助手のもっとも大切な仕事なのだそうだ。ホストのようだからいやだと拒絶したら「そんな怖い顔のホストはいない」と言われてしまった。余計なお世話である。

「よーく考えてみてください。自分では気にしていないことでも、相手は根に持っている場合もありますから」

「はあ。ですが……その、どちらかというと、内向的な性格ですし、常日頃から争いごとは避けるようにしていますので……」

ひとふかしして、火種を安定させた煙草を差し出す。探偵はぱくりとそれを咥えて脚を組み直し、

「じゃあなんでこんなメールがくるんですかねえ」

お気楽な調子でそうぼやく。依頼人に聞いてどうするのだ。それを調べてほしいからやってきた小山は、縋《すが》るような目つきで不破を見た。

「いくつか、質問させてください」

結局、役に立たない探偵は放っておくことにして、不破は小山自身に関する資料を捲って聞き始めた。資料はメールで連絡を取っていた笑子が、あらかじめ作成していたものである。十四歳の手によるとは思えないほど、過不足なくまとまっていた。

「ええと、小山さんは電気製品のメーカーにお勤めなんですね」

「はい。小さな会社です。経理を担当しています」

「独身ですね」

「ええ」

「失礼ですが、借金などの負債は?」

「ありません。……あ、買い物をカードで支払ったりはありますが……」

「ああ、それくらいは誰にでもありますから。それから」

「なにを買ったんです?」

突然探偵が口を挟んだ。

「え」

「カードでの買い物です。なにを買いましたか?」

「服などですが……それがなにか？」

「いやいや、ちょっと聞いてみたかっただけ。どうぞ、続けて」

マナー知らずの探偵を軽く睨《にら》み、不破は質問を再開する。

「会社での人間関係は」

「良好だと思います」

「恋人はいらっしゃいますか」

「今は……いません」

書類に目を落としていた不破が顔を上げる。

「今は？」

「はい。ひと月ほど前に、別れました」

「立ち入ったことを伺いますが、原因は？」

小山がずれてもいない眼鏡の位置を直し、自分の手元を見る。まだコーヒーには手をつけていない。

「結婚を」

答えにくそうに言う。

「結婚を……ほのめかされて、それで」

「小山さんには、結婚の意思はなかったわけですか」

「はい。まだ早いかなと……」

早いだろうか、と不破は考えた。小山の歳は三十二と聞いている。もっとも、昨今《さっこん》の適齢期は人それぞれだ。たとえば小山は四十までは結婚したくないと思っているのかもしれないし、そうだとしたら確かにまだ早い。

「つまり、小山さんが相手をふったという形になりますか？」

「そんなことはないと思います。むしろ私がふられたような」

「でも彼女は結婚したかったんですよね？」

「はい。でも、どうしても私としたかったわけではないのだと思います。早く家庭を持ちたい、相手は堅実な人がいい、子供はたくさん欲しい……そんなことを言ってました。でも私にその気がないと知ると、じゃあ別れましょうかと」

相手は二十八歳、美人で、感じのいい明るい女性だったそうだ。カウンターだけの、小さなバーで働いていたという。ママの手作り総菜が人気のアットホームな店で、小山もよく訪れていたと話す。

「では、そのお店で知り合ったのですね」

「いえ、もともと同じアパートの住人だったんです。彼女は……勢津子《せつこ》さんといいますが、ひとつ置いた隣の部屋で。最初に挨拶《あいさつ》したのはアパートのゴミ置き場でした。私も勢津子さんも夜にゴミを出すので」

　最初は挨拶だけだったのだが、そのうちに短い会話を交わすようになった。あるとき勢津子が、店の常連さんに古いノートパソコンをもらったのだが、設定方法からしてわからないと嘆いた。それをきっかけにして、勢津子の部屋に出入りし、店にも飲みに行くようになった——小山は静かな声で説明する。

「勢津子さんは、明るくて、可愛らしい人で……店でもとても人気者だったので、私とつきあっているのは内緒にしていました」

「それはそうでしょうね。彼女お目当てで通ってくる客もいるでしょうから」

「そうなんです。たくさんいたんです。私より羽振りのいい人や、私より若くて格好のいい人も。ですから、私と別れたあともあっさりしていて、今でも挨拶は普通にしますし」

「円満な別れ方だったと？」

「そう言っていいと思います」

「でもそう思ってるの、小山さんだけかもしれないよね？」

　またしても探偵が茶々を入れた。

「女心は複雑だよ。黴《か》びたおモチ送ったのは彼女かもしれない」

「いえ。彼女はそんな粘着質な人ではありませんよ」

　小山は控えめながらも、頑《かたく》なに否定した。

　だがこの場合、探偵の言っていることは正しい。

勢津子という女性があっさりして見えるのは、あくまで小山の目で見た時の話だ。あっさりした素振りは、彼女のプライドの高さの裏返しである可能性は高い。改めて確認する必要はあるだろう。

そのあとは、手がかりになりそうな話は出てこなかった。

不破は今後の調査のおおまかな予定と、料金の説明をし、小山は正式な調査の依頼書に署名捺印《しょめいなついん》をする。そして最後に、

「あのう。調査してくださるのは、不破さんなんですよね」

と確認した。どうやら探偵は信頼を得られなかったらしい。不破としては、久しぶりに溜《りゅう》飲《いん》が下がる思いである。

「もし小山さんがそうお望みでしたら……」

「そうですよ。タカちゃんがします」

また口を挟まれた。

「調査だの尾行だのは助手の仕事。探偵の仕事は推理。以上」

はあ、とわかったようなわからないような顔をして——おそらくはわかっていないだろう——小山は帰っていった。

探偵は閉じた扉を見つめながら「ふうん」と大きな目を見開いて、

「あの人、なぁんかおかしいね」

そう呟いた。なにがどうおかしいのかは説明しない。おかしいと言えば、あんたよりおかしい人は滅多にいないぞと思った不破だが、黙っていた。

雪はまだやんでいなかった。

＊＊＊

――下に、越してきました。

笑いながらそいつは言った。愛想《あいそ》のいい人間は信用できない。笑顔の下でなにを考えているのかわからない。

――これ、よかったら食べてください。一応、地元の名物なんですよ。

言葉とともに煎餅《せんべい》の袋を渡される。タオルよりはまだましか。それ以前に、引っ越しの挨拶《あいさつ》に来る奴自体、最近では珍しい。

――お、すごいですね。部屋じゅう本だらけ。読書家なんだ？

失礼にも人の部屋を覗《のぞ》いて、そいつは言った。背が高い男で、俺が上《あ》がり框《がまち》にいても、まだ奴のほうが視線が高い。俺が軽く睨《にら》むと、あ、すみませんとまた笑う。

――自分も本が好きなもので、つい。それじゃ、失礼します。

にこにこしたまま、男は帰った。

俺は扉に耳をつけ、足音が遠ざかるのを待った。それから、男のいた位置に立って自分の部屋を見回す。スニーカーの上で、背伸びもしてみた。靴下には穴が空いているので、親指だけがひんやりする。

自分の部屋を見る。汚い。

六畳間の畳はほとんど見えない。でもいいんだ、なにがどこにあるのか、自分ではちゃんとわかっている。自分なりの機能性があるんだ。

目をこらしてみる。眼鏡《めがね》の度が弱い。もう十年以上、眼鏡屋に行ってない。

あいつめ、どんな本を見つけたのだろう。

畳に散らばっているのは、ほとんどが雑誌とマンガだ。ちくしょう、見くびられたのか？　読書家というのは嫌みか？　いや待て、だがあの視線からならば書棚のほうに目がいくはずだ。ここにはぎっちりとハードカバーが詰まっている。小説に、ノンフィクションもある。自慢じゃないが心理学の本も多い。

特に多いのは犯罪心理学だ。

犯罪に興味がある。刑法にも興味がある。

子供の頃、母親に聞いた。

どうして人を殺してはいけないかと聞いた。すると母親は見る見る般若《はんにゃ》のような顔になって、二度とそんなことを口に出してはいけないと言った。

おまえは頭のいい子だけれど、時々おかしなことを言うからちょっと怖いわ、とも言っていた。そうなんだ、俺は頭がよかったんだ。子供の頃からずっとよかった。高校も大学も一流だった。今だって頭はいい。テレビを見ていると、世の中が馬鹿《ばか》ばかりでうんざりしてしまう。女はいい。女は馬鹿でもいいのだ。可愛《かわい》ければ。

いまだにわからない。

どうして人を殺してはいけないんだろうか。

叔父《おじ》にもこの質問をしたことがある。でもあいつは馬鹿のくせに、にやにやしながら言っただけだった。

——なんだ、殺したい奴でもいるのか。殺しはやばいぞ、やめとけやめとけ。

くだらない。話が通じない。

馬鹿とは話が通じない。呆《あき》れるばかりだ。他の連中も似たり寄ったりで、世の中は馬鹿だらけ。だから俺はなかなか世間に馴染《なじ》めない。

どうせあいつも、あの越してきた奴も馬鹿だろう。

そう思いながら、奴の持ってきた煎餅の袋を踏んづける。バリバリと砕ける感覚が、足の裏に心地よかった。

2

小山光俊《おやまみつとし》が市羅木《いちらぎ》探偵事務所を訪れた翌日、空には冬晴れの青が広がっていた。

大きな車道に雪はほとんど見えないが、一本裏道に入れば、まだ車の上や歩道の端に雪が残っている。駐車場では、野良猫《のらねこ》がバンの下で途方に暮れた顔をしていた。日当たりの悪い路面は凍っていて危険だ。不破《ふわ》もさっき転びかけたのだが、それは不破の運動神経が鈍いからではなく、足を滑らせた探偵がしがみついてきたからである。

「ったく……事務所に残ってりゃいいじゃないか」

思わず本心を呟《つぶや》くと、探偵が不服顔を見せる。

「なんて冷たいことを。たまには助手の手伝いをしてやろうかと思ったのに」

「あのなあ。あんたの手伝いをするのが俺の仕事だろ。その俺の手伝いをあんたがして、どうするんだ」

「だってタカちゃん、まだ頼りないし」

黄色いダウンジャケットに、例のオレンジ色のマフラー、耳まで隠れるニット帽は紺と黄色の縞《しま》である。こんな派手な男が一緒では、落ち着いて調査もできない。一方の不破はごく地味なグレーのコートを着ている。

ふたりはつい五分ほど前に都営新宿《しんじゅく》線を降り、小山の住んでいるアパートに向かっているところである。

「それに、ひとりで事務所にいるのいやなんだよ」

子供のように、わざと雪を踏みながら探偵は言った。一晩経《た》ってしまった雪はジャリンとシャーベットのような音を立てる。

「……怖い、からか？」

誰が、とは聞かない。不破はその名前を口にしたくなかった。

「槙《まき》のこと？　あいつは別に怖くはないよ。もう覚悟は決まったからね——槙がしでかす事件は怖いけど、奴自身が怖いわけじゃない」

一方で、探偵はその名を口にするのを躊躇《ためら》わない。

「僕がいやなのは、のべつまくなし、あの刑事が訪ねてくること」

「ああ、東《あずま》さんか」

「いいかげんにしてほしいね。あいつ、ウチの依頼はなんでもかんでも槙が関係してるって思い込んで、あれこれ詮索《せんさく》してくる。営業妨害だよ」

「まあ、あんたが狙《ねら》われてるのは確かだからな」

三条《さんじょう》槙と探偵の関係について、不破はいまだによくわからない。幼い頃は共に施設で過ごし、同じ養子先に引き取られた——そこまでは承知している。

だが詳細を探偵は話さない。不破も聞いていない。聞くのが怖い。そう、むしろ三条を恐れているのは不破のほうなのだ。恐ろしく頭の切れる、あの人殺しが怖い。

奴は探偵が欲しいのだ。

市羅木真音《まおん》が、欲しいのだ。

「槇が僕を恨んでいて、僕を殺して満足するなら話は簡単なんだけど」

「縁起《えんぎ》でもないことを言うな」

「僕だって死にたくはないさ。けど、僕の興味を惹《ひ》きたくて、他の誰かを殺したり、殺させたりってのも、かなりしんどい」

「それは、あんたのせいじゃない」

「そうさ。僕のせいじゃない。殺すのは槇だ……もしかしたら、僕がいなくても槇は誰かを殺すのかもしれないし」

「……あいつは、人を殺すのが好きなのか?」

探偵が立ち止まり、不破を見た。そして「煙草《たばこ》」とねだる。

不破はコートのポケットからメンソールを取り出し、咥《くわ》えて火をつけた。それを探偵の口まで持っていってやる。

冷たい空気の中を、白い煙が走る。

「好き、なのかな」

探偵は小さく呟いた。

「僕にもよくわからない。嫌いではないだろうね。でも、強い快楽を見いだしているという気もあんまりしない。昔、あいつが猫を殺したところを見たことがあるけど……楽しそうっていうより、なんだか淡々としていたな」

「猫は置いといて、人は殺しちゃいかんだろ」

「猫だって殺さないほうがいいさ」

探偵は自分の吐いた煙を避《よ》けて歩く。

「猫を主食にしてるんならともかく……。ん？　タカちゃん、僕たち行きすぎてない？　ほら、あのアパートじゃないか？」

「ええと、木蓮荘《もくれんそう》……ああ、そうだ」

後戻りして、建物を見上げる。

「……なかなか味わい深いとこに住んでるなあ」

ぼそりと探偵が言った。

不破も同感だ。木造二階建て、築四十年というところだろうか。塀や外階段などは何度か改修されているようだが、建物の外壁は手つかずである。道路に面した側の半分ほどを、蔦《つた》がびっしりと覆っている。

「タカちゃん、郵便受け見て、部屋の配置メモっといて」

「わかった」

「さむ。僕、さっきあったコンビニでコーヒー買ってくる」

「なにしに来たんだよ……。おい、あんまり離れるなよ」

外出先で発作を起こされると厄介である。

探偵はナルコレプシーに似た睡眠障害を抱えていて、どこにいようが、なにをしていようが、突発的に強い睡魔に襲われるという体質なのだ。

また、慢性的な不眠と悪夢にも悩まされており、不破は不本意ながらも探偵の安眠枕《あんみんまくら》として、同じベッドで眠ることもしばしばである。血縁者が近くにいることで安心するらしい。まるで子供のようだと笑うのは簡単だが、実際に悪夢ばかりの夜が続けば心身に大きなストレスがかかる。睡眠は生きるうえで非常に重要な行為のひとつであり、それがうまく機能しなければ精神障害が生ずることもあるのだ。

「さて、と。始めるか」

郵便受けは比較的最近設置されたものらしい。ダイヤル式の鍵《かぎ》がついていて、住人しか取り出せないようになっている。

番号から察するに、部屋数は全部で八つ。

小山が二〇四号室で、もと恋人の国見勢津子《くにみせつこ》が二〇二。二〇三には高井戸圭《たかいどけい》という人物が住んでいるらしい。

「ん？」

一階にも高井戸がいる。一〇四、いちばん奥の部屋だ。こちらは高井戸仁志《ひとし》。偶然なのか、あるいは親戚《しんせき》かなにかか？

アパートの周囲を検分する。

北側に回るとプレハブの物置があった。周囲を気にしながら横滑りの扉を開けると、大きなプラスチックのバケツがふたつと、やや小さめのバケツがふたつ並んでいる。それぞれに燃える、燃えない、カン、ビン、と記してあった。

ということは――不破は考える。

このアパートには管理人がいるのだろう。ここに集まるゴミを、決まった曜日にゴミ集積所に運ぶ必要がある。

「ちょいと、あんた」

後ろから声をかけられて、不破は内心ひどく驚いた。

だが顔には出さないまま、ゆっくり振り返る。六十前後と思《おぼ》しき男性が、不審げな顔で不破を見ていた。手には空き缶が入ったポリ袋を提《さ》げている。

「……どうも、こんにちは。ここの住人の方ですか？」

「はあ。あんたさんは、なにをしとるのかね」

「ちょうどよかった。あの、この子を見かけていませんか？」

不破がコートのポケットから出したのは、一枚の写真だ。

「ううん？　おやおや、美人さんだ。逃げられたのかい」

「はい。この寒いのに突然いなくなってしまって……心配しているんです」

「それであんなところまで捜してたのかい」

「ええ。うちの子は、ああいう場所が好きそうですから」

ははは、と男が声を出して笑った。

「あんたんとこの子じゃなくても、猫なんてのはみんなこういう場所は好きさね。でも、見かけてないねえ」

そうですか、と落胆顔を演出して不破は猫の写真をしまった。笑子《えみこ》のアドバイスに従い、用意しておいてよかったと心から安堵《あんど》する。

「それに、ここのプレハブはいつも扉が閉まっとるからね、猫は入れん」

「そうなんですか。住人のみなさんがきちんとされてるんですね」

「管理人が神経質で、うるさいんだよ」

「管理人さんが」

空き缶を捨てながら、「そう。年寄りのようにうるさくてね」と男は話す。缶のほとんどは酒類だった。

「缶はすすいでから捨てろ、酒臭くなるだとさ。いやあ、細かい細かい」

「なかなか几帳面《きちょうめん》ですね」

「だろ？　いや、わしだってね、好きで昼間から酒くらってるわけじゃないよ。これでも腕のいい左官《さかん》職人だったんだ。けど、だめだね。景気が悪くなってからこっち、すっかりだめだあ。おかしいやね。おかしいやねえ……」

男が遠い目をする。吐息からは、かすかにアルコールが臭っていた。

こんなはずじゃあなかった。俺はもっと、こう、違う人生を歩けるはずだった。

「……なかなか、思ったとおりにはいきませんよね、人生は」

それは不破にも言えることだ。人生が石ころで、それを蹴《け》るのが神様だとしたら、時に神様はとんでもない方向に石を蹴る。

「そうさ。そのとおりだ」

「ところで、ここには、どんな人が住んでいるんですか？　私の迷い猫を拾って、こっそり飼ってる人がいたりしないかなあ」

「んーむ、どうだかね。わしは一階に住んどるが、猫の鳴き声は聞かないね。上に住んどる若い男は、時々野良《のら》に話しかけとるな。あれだ、やかましい音楽をやっとる奴だよ。最近彼女ができたらしくてね、クリスマスも仲良くケーキを買って帰ってきたと思ったら、結局大喧嘩《おおげんか》だ。わしの真上の部屋だからね、たまらんよ」

「それは大変でしたね」

「ああ、そういえばせっちゃんは猫好きだと言っていたが……」

せっちゃんとは、勢津子のことだろうか？

「だがあの子も、管理人とトラブルを起こすのはいやだろうからな」

「そんなに怖い管理人さんなんですか」

「怖いというか、少し変わっとるのよ。……おお、寒い。もう行くわ。兄さんも、猫捜しで風邪ひかんようにな」

背中を丸めて部屋に戻っていく男に「ありがとうございました」と礼を言う。一度見つかってしまっては、これ以上うろつくわけにもいかない。不破はとりあえずアパートの敷地内から出た。

コンビニに向かって歩いていると、ちょうど店舗から出てくる探偵の姿が見えた。不破ほどの長身ではないが、ひときわスタイルがいいので、遠目でも目立つ。

「……なにしてんだ、あいつ」

思わず呟いたのは、探偵が女性を伴っていたからだ。まさか仕事中にコンビニでナンパされたんじゃあるまいなと、眉《まゆ》を寄せながらつかつかと歩み寄った。

探偵と一緒にいるのは、クリーム色のコートを着た若い女だ。化粧っ気はなく、髪は適当に引っ詰めているだけだが、垂れた目が愛らしい印象がある。

「タカちゃん。こちら、国見勢津子さん。そこのコンビニで会ったんだ」

「……え？」

こんにちはァ、と勢津子は頭を下げる。表情は硬くなく、むしろ微笑《ほほえ》んでいる。

「話を聞かせてくれるって」

「は、話って」

「だから、小山さんの話」

まさか――小山からの依頼について、勢津子に話してしまったのか？　あなた、小山さんに嫌がらせしてませんかと、面と向かって聞いたのか？

「えっと。私、してませんよ、嫌がらせなんて」

……聞いたらしい。

この探偵は、守秘義務という言葉を知らないのか。啞然《あぜん》とする不破に向かって、勢津子は続けた。

「ふられてショックだったのは事実ですけどね。でも、そこまで陰湿じゃないし」

「まあまあ、寒いし、お茶でも飲みながらにしようよ」

絶句している不破を尻目《しりめ》に、お気楽な探偵がそう言った。

こうなってしまっては仕方ない。勢津子から小山に話が漏れて、依頼を取り消されても文句は言えない。が、もしそうなっても、断じて不破の責任ではないことだけは主張しなければ――笑子になにを言われるかわかったものではない。

三人は駅前の喫茶店まで移動した。コートを脱ぐと、勢津子はフリース地のラフな服装をしている。ちょっとコンビニまで、というつもりだったのだろう。

「びっくりしました。モデルみたいな人に突然声をかけられて、しかも探偵ですなんて名乗られて」

「……大変、失礼しました」

なんで俺がと思いながら、つい謝ってしまう。いつでも探偵助手は貧乏籤《びんぼうくじ》だ。

「でも小山さん大変ですね。そんな嫌がらせを受けてるなんてちっとも知らなくて……あ、彼もあたしがやったと思ってるのかしら?」

「いえ、そんなことはないです」

「でもあたしがいちばん怪しいでしょ。ふられた女の逆恨み」

うふふ、と笑いながら言う。なるほど、小山の語ったとおり、明るくて感じのよい女性だし、客捌《きゃくさば》きも上手《うま》そうである。

「小山さんは、ふられたのは自分だって言ってたよ」

探偵がココアを啜《すす》りながら言うと、勢津子は小首を傾《かし》げる。

「んー、どうかな。秋の終わりくらいに、彼は結婚も考えてるような素振りを見せてたんです。あたしは嬉《うれ》しくて、でもいい気になっちゃいけないかなってしばらく躊躇《ためら》って……冬になってから、思い切って具体的な話をしてみたんです」

「え？　小山さんは、結婚する気があったんですか？」

不破の問いに、勢津子は「あたしはそう感じたんだけど」と答えた。それが本当だとしたら、話が食い違っている。

「実家の話とか、子供は二人欲しいとか、結婚する気なかったらしないでしょ？」

「あらら、そんな話してたの？」

「初めの頃はね」

「小山さんからは聞いてないなあ」

探偵はココアのついた唇を舐《な》めながらウーンと唸《うな》った。

「でも本当ですよ。で、私が結婚についての話をしだしたら、突然そんな気はないって。あたしは……なんていうか、騙《だま》されたような気分になっちゃって、じゃあ別れましょうと言ったんです——この場合、どっちがふったのかしら？」

「でも小山さんのほうは、あなたはとてももてるから、相手はいくらでもいるだろうと言ってましたが」

「水商売の女がお客さんにちやほやされるのは、もてるって言わないでしょ」

苦笑交じりの顔で、勢津子が不破を見る。

「でも、あの人は本気でそう思ってたかもね……なんていうか、そういう人なのよね。すれてないっていうか、真面目《まじめ》っていうか。お酒もほとんど飲まないし」

「飲まないのに、あなたの働いているお店に?」

「そう。来てくれて、ボトルも入れてくれて。店で酔っぱらっちゃった人の介抱までしたりして……ぜんぜん知らないオジサンなのよ? 優しい人なの」

「でも結婚はしたくないと?」

「そこだけが、よくわかんないです。突然頑《かたく》なになっちゃって……。自信がないんですって。他人の人生を背負う自信がまだないって言っていたわ。あたしはそんな大袈裟《おおげさ》に考えていたわけじゃないいんだけど……」

勢津子の語る小山の話は、不破の持っている小山のイメージとほぼ一致した。真面目で、優しく、どこか気弱なところがある。ではなぜ、一時的にしろ、結婚の意思があるようなことをほのめかしていたのだろうか。それとも、勢津子の話に嘘《うそ》があるのだろうか。

「小山さんの趣味ってなんです?」

唐突に探偵が聞く。勢津子はしばらく考えてから、

「これといってないと思う。ギャンブルなんかもちろんしないし、ゴルフも釣りもしない。本はあたしよりはたくさん読むけど、でも読書家ってほどじゃないし」

「お洒落《しゃれ》に気を遣う人?」

「あはは、まさか。安い吊《つ》るしのスーツに、部屋着は上下で千円のスウェットよ? あ、でもあたしの買い物につきあうのは好きだったみたいですね」

「へえ、珍しいね。たいていの男は女の買い物には辟易《へきえき》するものなのに」

珍しく探偵がまともなことを言った。

女性の買い物は延々と長いので、不破もできるだけ御免被《ごめんこうむ》りたい。試着室から「どう?」と聞かれても、「うん、いいんじゃないか」としか答えようがない。何度も同じセリフを言っては最後に「あたしに興味がないのね」と怒られる。相手に興味がないのではなく、服に興味がないだけなのに、それが通じない。

「小山さんはね、あたしがきれいな格好するのがとても好きだったみたい。ブティックではアドバイスまでしてくれるの。せっちゃんには青みがかったピンクが似合うよ、なんて。プレゼントはいつもアクセサリーとお花だったし」

「きっと自慢の恋人だったんですね」

不破の言葉に勢津子はありがとう、と小さく言った。

「あたしもそう思ってたけど……でも違ったかも」

「違った?」

「あんまり言いたくないセリフだけど……ほら、水商売の女だし。男の人って、チャラチャラした女を連れて歩くの、好きだったりするじゃない? 小山さんにも、意外とそういうとこあったたってことかな」

「あんな地味な人が?」

「地味な男ほど、派手女が好きだったりするもの。でも……結婚相手となると、また別なのね。よくよく考えてみたら、堅実な小山さんがあたしを選ぶわけないのよ。でもちょっと、そのへんが見えなくなってたの、あたし。あはは」

寂しさとむなしさを含んだ笑いが、紅茶の表面を震わせる。

探偵は頬杖《ほおづえ》をつきながらなにやら考え事をしているようだった。あるいは、ただ眠たいだけかもしれない。

不破は引き続き質問する。

「小山さんは、誰かに恨まれたりしていませんでしたか?」

「ないと思うわ。売られた喧嘩も丁重にお返しするような人だから」

「仕事関係の悩み事を聞いたりは?」

「どっちかっていうと、いつもあたしが愚痴ってたくらい」

勢津子には、小山を恨んでいる様子は見受けられなかった。仕方ないことよ、と繰り返し言って、どこか寂しい笑顔を見せる。

「しょうがないわ……あたしね、借金もあるの。小山さんは、ほら、真面目だから。そういうのもきっとダメなんだと思うのね」

「借金、ですか」

「二年前かな。友達と一緒にお店を出すつもりだったんだけど、うまくいかなくて」

その友人は軍資金とともに行方を眩《くら》まし、彼女に残ったのは借金だけだったという。

「さすがにその時はへこんだわ。どうして、こんなはずじゃなかったのに、うまくいくはずだったのにって……でも、嘆いてても、借金は減らないし。お腹《なか》も膨れないしね」

不破とさほど変わらぬ歳《とし》なのに、どこか達観したような口ぶりで勢津子はそう言った。

「あら、こんな時間。そろそろお店に出る支度をしないと」

「お手間取らせました。あの、今日の件は」

わかってるわ、と勢津子が笑い立ち上がる。

「探偵さんたちに会ったなんて、言わないから大丈夫。小山さんに嫌がらせしてる犯人、早く見つけてあげて」

勢津子が残した言葉は、嫌みでも強がりでもなく、本気に思えた。

「……なんだか大人だな。あんたの十倍くらい大人だぞ」

「なにそれ。意味わかんないよ」

不破は新しいコーヒーをオーダーする。手元にあるコーヒーは、半分も飲まないまますっかり冷めてしまっていた。

「彼女じゃないよな?」

「違うだろうね。筆跡も違うし」

「筆跡?」

「あの子、コンビニで宅配便の手配してたんだよ。実家になにか送ったらしい。宛名《あてな》を書いてるところを見たけど、まんまるな字だった」

不破たちは小山から何枚かの写真を預かっている。その中には例のゴミを送ってきた宛名を写したものもあった。手書きで、どちらかと言えば四角く、筆圧が強く、小さな文字だった。

「でも、字なんか変えられるだろ？　未練はありそうだったし」

「まあね。でも彼女じゃないと思うよ」

「なんでわかるんだ？」

「勘。名探偵の、勘。……あ、僕にもコーヒーちょうだい」

コーヒーを運んできたホール係の女の子が、ハイ、と頬を染めて探偵を見た。不破のほうなどチラリとも気にしない。

「ふん。なんでも勘で解決すりゃラクだよな」

「勘は大切だよタカちゃん。人間に残された数少ない本能のうちのひとつなんだから、せいぜい磨いて活用しなきゃ。笑ちゃんは僕の娘だけあってすごく勘がいい。……でも、弟は鈍いからなあ」

「鈍いだと？」

「鈍いとも。たとえばね。小山さんは僕たちに隠し事をしているけど、気がついた？」

「……小山さんが?」

「ほうら、ぜんぜん気づいてない」

探偵は呆《あき》れながら、不破に向かって指で煙草の合図を送った。

「もしかして、勢津子さんが言ってた、結婚する気はあったって話か?」

「それとは別」

「じゃあなんだよ」

「そんなの僕にわかるわけないだろ。隠してあるから、隠し事って言うの」

「おい。なら、どうしてわかったんだ」

「なんかヘンだから」

「なんかって」

だからさ、と煙草を咥えた探偵が説明する。

「ひっかかってたんだ。小山さんがカードで買い物をしていて、なにを買ったかというと服だって言う」

「いいじゃないか、服買っても」

「あの人のスーツ見ただろ? 量販店でせいぜい二万前後だ。カードを使って買うほどのものか?」

「……まとめ買いしたのかもしれない」

「なんでまとめて買う必要があんの」

「仮に、なにか隠しているとしても、今回の件には関係ないかもしれないだろう。だからこそ、黙っているだけかもしれない。わざわざ関係ないことまで、探偵に話す奴はいないだろうが」

「関係ないことなんかないよ」

長い指で優雅に煙草を吸いながら、探偵は言った。そしてふいと横を向いて窓の外を眺める。人々は寒さのあまり、みな肩を竦《すく》めて歩いている。

「すべての事象は繋《つな》がっている。だから、まったく関係ないなんて事柄はないんだよ」

瞬《まばた》きとともに、長い睫《まつげ》が上下する――このまま煙草のＣＭに使えそうだ。

「僕は名探偵だから、人を見て推理する。でもまだ小山さんがよく見えていない。彼が僕たちになにか隠してるからだ」

「なら、名探偵はどうしたいっていうんだ？」

探偵のコーヒーが届けられる。心なしか、不破のカップよりたっぷり入っているような気がした。

「見てみよう」

クリームで渦巻き模様を作りながら探偵は言った。

「小山さんの夢を見るんだ。夢は嘘をつけない」

＊＊＊

死んでもいい奴だと思っていた。

だが別に、殺したいと思ってはいない。気味の悪い奴だ、死んでしまえ、おまえなんか最低だ——何度もそう思ったけれど、殺したかったわけじゃない。

「大丈夫だよ」

男は言った。落ち着いた声だった。

「大丈夫。きみは悪くない」

「どっ、どっ、どうして……なんで、こんな……」

俺の声はみっともなく上擦り、どうしようもなく震えていた。

「うん。昨日は、きみたちずいぶん酔っていたみたいだからね。俺の部屋にまで、話し声が聞こえてたよ」

手のひらがごわついている。

べったりと、血がついているからだ。もう乾いてしまっていて、服に擦《こす》りつけても落ちない。

「言い争ってたみたいだ。昨日は一緒にお酒を?」

俺は頷《うなず》く。

一度だけ頷けばいいのに、ガクガクと勝手に首が動いてしまう。

別に、こいつなんか好きではない。一緒に飲みたいとも思わない。俺から誘ったことなんかない。それでもこいつは、時々気が向くと酒瓶を持って訪れてくるのだ。俺ぐらいしか、話し相手がいないのだろう。みんなに嫌われているんだ。

「俺、聞いていたよ。この人、きみにずいぶんひどいことを言っていた。あれはないよ。きみが怒るのは無理ないよ……きみはあんなふうに言われるべき人間じゃない」

「おっ……俺、覚えてない、なにも、なにも……っ」

チクリと手のひらが痛んだ。そこいらに細かくガラスの破片が落ちていて……いや、ガラスではない。これは、鏡――鏡だ。

奴は狭いユニットバスの中で、胎児のように丸くなっている。

頭から血を流し、ピクリともしない。

死んでいるのか？　俺が殺したのか？

嘘《うそ》だ、こんなこと、ありえない――。

「殺意があったわけじゃないと思う。きっと、なにかの拍子なんだよ。なにか割れるような音と、短い悲鳴みたいなのが、夜中に聞こえた」

おまえもたいがい馬鹿《ばか》だなと嗤《わら》われた。

あの女のどこがいいんだ。水商売じゃないか。しかも、このあいだまであの変態男とつきあってたんだぞ。けど別れたんだよな。ならちょうどいいじゃないか。おまえ口説けばいいじゃないか。はは、無理か。おまえもう何年、女とまともに口をきいてないんだ？　女だけじゃないよな。夜にならなきゃ外出できない。コンビニと本屋にしか行けない。親とだってろくに喋《しゃべ》れない。気味悪がられて、いたたまれなくなって、ここに逃げ込んだんだろ？　兄貴も可哀想《かわいそう》に。おまえがガキの頃には、さんざん自慢していたのに。結局、頭がいいだけで、人間がダメな大人になっちまった。おまえ、いまだに自分が特別だと思ってるだろう。選ばれた人間だと思ってるだろ。馬鹿だな、いっそ哀れだよ。いいか、よく聞けよ。教えてやる。汚い耳をよくほじって聞けよ？　おまえみたいなのをな、負け犬って言うんだよ。

嗤った。

あいつは、嗤ったんだ、俺を。負け犬だと言ったんだ。こんな、こんな、こんなはずじゃなかった。どうしてこんな、こんなことに――。

「う、う、うわあ！」

「しっ……落ち着いて」

首の後ろをがっしり摑《つか》まれ、手で口を塞《ふさ》がれた。

痛い。苦しい。息ができない。

「落ち着くんだ。大丈夫だ。一緒になんとかしよう。これはちょっとした事故なんだから、動揺する必要はない。わかった？」

かろうじて頷くと、やっと手が外れる。俺は噎《む》せて咳《せ》き込《こ》みながら、夢中で空気を貪《むさぼ》った。大きな手が背中をさすってくれる。

しばらくすると、やっと普通に呼吸ができるようになった。

「きっときみたちは、ちょっと言い争って、小突き合うくらいのケンカをしたんだよ」

「せ、せ、洗面所で？」

「トイレを使おうとしていた時だったんじゃないか？　ほら、ここは滑りやすいし、この人は酔っていて、よろけてそこの鏡に頭をぶつけた。打ち所が悪かったんだろうな……だから、きっとこれは事故だ」

俺は男を見る。うらやましいほどに、整った顔をしている。それに、頭もよさそうだ。こいつならば、頼りになるかもしれない。いや、こいつ以外に、いったい誰が頼れるっていうんだ？

「じ、自首したほうが」

俺が言いかけると、男がきっぱりと否定した。

「だめだ。こんな男のために、きみの人生を台無しにする必要はない」

「けど……事故なんだし」

「ああ。事故だよ。事故だけど、死んでしまっている。酔って争ったんなら、過失致死じゃなくて傷害致死に問われる可能性が高い。俺だって、この人が勝手によろけて転んだところを見たわけじゃないから、証言できないし。傷害致死だと罪は重くなるよ。三年以上の懲役だ。刑務所に入るのはいやだろう?」

俺はまた頷く。いやだ。刑務所なんて、絶対にいやだ。俺は自由でいたい。

「この人は、昔から変わり者だった。——きみに面倒を押しつけて、突然フラリと旅に出たりしたって、不思議じゃない。だろう?」

そう。そうだ。

こいつはいつでも嫌われ者で、疎《うと》まれていた。定職にもつかず、フラフラしているろくでなしだと言われていた。

祖父が亡《な》くなったあと、誰もこの古いアパートの管理をしたがらなかった。みんなでこいつに押しつけた。そして収入がなかったこいつは、引き受けた。

「この人が失踪《しっそう》しても、誰も捜しはしない」

そのとおりだ。

何度も喧嘩沙汰《けんかざた》で警察の世話になり、みなに迷惑をかけた。

誰もこいつなんか、捜さない。

「だから、大丈夫だ。あとは俺に任せればいいよ。きみを助けたいんだ」

よかった、この男がいてくれてよかった。助かった。

……でもこの男の名前が思いだせない。このあいだ、越してきた。煎餅《せんべい》を持ってきた。そしてそのあと偶然神保町《じんぼうちょう》の本屋で会った。やっぱり読書家なんだねと笑った。どうしてもというから、少しだけ喫茶店でつきあった――。

「ど、どう」

「うん？」

「どうして、俺なんか、助けるんだ？」

そう尋ねると、途端に男の顔が不機嫌になる。それだけで、俺はびくりと身体《からだ》を竦《すく》ませてしまった。

「俺なんかなんて、言ってほしくない」

「で、でも」

定職もなくて。汚い部屋にひきこもって。まともに女も口説けない。

母親の落胆した顔。溜《た》め息《いき》交じりの声。どうしてこんな子になっちゃったのかしら――。

「きみは違う。この人とは違う。きみは頭もいいし、きちんと自分というものを持っている。それは、少し話しただけでわかったよ。ただ、ちょっと無器用なだけだ。世間と自分を合わせる作業が苦手なだけだ。違う？」

違わない。

俺は頷く。

「仕事がないのもきみのせいじゃない。このご時世だ、ニートなんてたくさんいる。きみだけじゃない。……それに、きみに相応《ふさわ》しい仕事なんてそうそうないよ。きみは特別な人なんだから」

「と、特別」

「そう。特別なんだ。だから、一般大衆とうまくやれなくても仕方ない。きみには、きみにしかできないことがある。まだ時機がきていないだけだ」

胸が熱くなるのがわかった。

こいつはわかっている。俺のことをちゃんとわかっている。ほんの数度話しただけでも、わかる奴にはわかるのだ。

「俺が力になるよ。それでいいだろう？」

「あ、ああ」

「さあ、まずはこの人を運ばなくちゃ。夜が明けきらないうちに移動して、ここもきれいにしよう」

「血、手に、血が」

手を洗いたい。そう思って言ったのだが、男は微笑《ほほえ》みながら首を横に振った。

「どうせまた汚れるよ。最後に洗えばいい」

「でも、臭《にお》いが」

立ち上がろうとすると「待てよ」ときつい語調で呼ばれた。

「勝手なことはするな。俺の言うことを聞け?」

「あ……」

「きみは頭がいいけど、今はちょっと判断力が鈍ってる。俺の言うとおりにしないと、警察が嗅《か》ぎつけてくるぞ」

「わ、わか、わかった」

それでいいんだ、と男が笑う。

その笑顔に俺は安堵《あんど》した。今はもう、なにも考えられない。ほかに判断をしてくれる誰かがいるのは、正直ありがたかった。

3

「なんだかすみません、車まで用意してもらっちゃって」

「いえ、僕たちもこのほうが帰りがラクだし。ねえタカちゃん」

恐縮する小山《おやま》と、その隣にいる探偵の会話を聞きながら、不破《ふわ》は「ああ」と短い生返事をした。

「いい車ですね。私はあんまり詳しくないんですけど、高いんでしょう?」

「どうなんだろ。高いかもねえ。シートも本革だし」

メルセデスのSクラス……なんで一千万円を超える車など借りてくるのだろう。運転する身にもなってほしい。貸すほうも貸すほうである。車の持ち主は連雀利彦《れんじやくとしひこ》。探偵の義兄にあたる心理学者だが、どうも探偵を甘やかす傾向がある。

不破は慎重に運転しながら、バックミラーで後部座席を窺《うかが》う。

小山があくびをしかけて、慌てて「失礼しました」と詫《わ》びるのが見えた。

「どうしたんだろう。なんだかすごく眠くて……」

「お仕事で疲れているんですよ」

探偵が答える。

「構わず眠ってください。ナビがありますから、道案内の心配もいらないし」

いえ、平気です——そう言いながらも、小山の瞼《まぶた》はひどく重そうだった。

昨日、不破は小山と電話連絡を取った。

小山の部屋に行き、送られてきた品物と、周囲の状況を直接確かめたいと申し入れたのだ。小山は他者を部屋に招くのがあまり好きではないらしい。最初は躊躇《ためら》っていたが、調査のためにぜひと説得し、結局は承諾した。それより前に不破と探偵がアパートの周囲を調べ、国見勢津子《くにみせつこ》と接触した件は伏せてある。

そして今日、仕事を終えたあと、小山は市羅木《いちらぎ》探偵事務所を訪れ、そこから三人は車で小山のアパートへと向かったのである。

「……寝たか？」

小さな声で聞いた。

「うん。もう完全に落ちてる」

探偵が横を見ながら答えた。小山は通勤鞄《つうきんかばん》を抱えたまま、座席に凭《もた》れ、口を僅《わず》かに開けて眠り込んでいる。

「本当に、大丈夫なのかよ。……そもそもこれって違法なんじゃ」

「なにを今更。コーヒーに眠剤仕込んだのタカちゃんだろ」

「そりゃ、あんたがそうしろって言うから」

「ここまできてつべこべ言わない。じゃ、僕も寝るからね。あとよろしく」

探偵は白い錠剤を口の中に投げ入れ、飲むどころかボリボリと噛《か》んだ。そしてペットボトルの水で胃に流し込み、フゥとひとつ息を吐いてから目を閉じる。

小山の夢に、入るのだ。

いや、探偵に言わせると、向こうの夢が勝手に流れ込んでくるのだという。

最初は反対した。他者の夢を見ることが危険なのは不破も知っている。もし相手がマイナスイメージの夢を見ていた場合、探偵が受けるダメージは大きい。睡眠時無呼吸に陥《おちい》ったことすらあるのだ。賛同できるはずがない。

「危険はあるけど、得るものもある」

確固たる口調で、探偵は言った。

「なにを得るっていうんだ」

「僕の見たところでは、小山さんは嘘《うそ》をついている、あるいは、なにか隠し事をしてる」

「隠し事?」

「そう。僕たちに話すべきことを、すべては話していない」

「それはあんたの勘だろ? そんなものに頼って、危険な真似《まね》をするのは反対だ」

頑《かたく》なな不破に、探偵は憐《あわ》れむような目を向けた。

「勘だけに頼ってるわけじゃないよ」

「じゃあなんで」

「タカちゃんさあ。一応、探偵助手なんだから、人間観察の基本くらいは押さえておきなって。小山さん、僕と話す時に、ほとんど目を見ないだろ。そうかと思うと、時々思いだしたように、一生懸命って感じで見る。まるで『目を見て話さないと、嘘をついてるのがばれてしまう』っていう感じで」

「……そうだったか？　でも俺とは落ち着いて話してると思うぞ」

「そりゃタカちゃんは舐《な》められてるから」

「なんだと？」

　心外な言葉に、思わず眉間《みけん》に皺《しわ》が寄る。

「こっちは騙《だま》せる、と思ってる。タカちゃん一見強面《こわもて》だけど、ちょっと話すと僕よりよっぽど親切で情があって、気が利《き》く人だっていうの、すぐわかるんだよ。でも小山さんは、僕に対しては身構えてる」

「信頼されてないってことなんじゃないのか？」

「探偵を心から信頼している依頼者なんか、いやしないって」

「世知辛《せちがら》いな」

「そのとおりだよ。だから僕も依頼者を全面的には信用しない。でも彼の夢は、嘘をつかない。いや、厳密にはつかなくもないんだけど」

「詳しい説明は利彦にでもしてもらいな。とにかく、小山さんの夢に入れば、彼が隠していることがわかると思う。万一、彼が隠しているのが……槇《まき》に関することだったら」

「どっちなんだ」

どきりとした。

指摘されるまで気づかなかった自分に舌打ちをする。可能性は否定できない。三条槇《さんじょう》が誰かを動かし、依頼人として送り込むことは充分に考えうる。

「そうだとしたら、僕たちは対策を練る必要があるだろ?」

不破は頷《うなず》くしかなかった。小山にとってはプライバシーの侵害もいいところだが、探偵にとっては必要な自衛手段なのである。

三条槇だけは、近づけてはならない。


先に目覚めたのは探偵だった。

もともと睡眠薬の効《き》きにくい体質なので、十五分程度で意識が戻る。更にその二十分後に小山が目覚めた時、ちょうど車はアパートのすぐ近くまで来ていた。

「すみませんでした。なんかすっかり眠ってしまって……ヘンだなあ。こんなこと、滅多にないんですが」

「気にしないでください。きっと疲れが溜《た》まっているんですよ。変な宅配便やメールで、ストレスが大きいんでしょう」

探偵のもっともらしい言葉に「そうかもしれません」と答える小山は、やはり生真面目《きまじめ》そうで、隠し事をするようなタイプには見えない——と思ってしまうのは、不破の認識が甘いのだろうか。

先にアパートで小山を降ろし、不破と探偵はそのまま近くのコインパーキングに車を停《と》めた。

「……見えたか」

夜道を歩きながら、ひっそりと探偵に聞いた。

「ん。いろいろ見えたけど、とりあえず槇は感じなかったな」

それを聞き、不破は一安心する。

探偵は歩きながら軽く首を左右に曲げてフゥと溜め息をついた。薬を使って無理に眠るのはそれなりの負担がかかるのだろう。

二分も歩けばアパートだ。

明日はゴミの集荷日らしく、管理人が背中を丸め、例の集積所から大きなゴミバケツを出している。

「おっと」

管理人が急に身体《からだ》の向きを変えたため、探偵と軽くぶつかった。探偵は数歩横にずれて、ぼんやり明るい街灯の下に立つ。

「あ、す、す、すみません」

「いえいえ」

「よ、汚れませんでしたか」

こちらを向いた管理人の顔は思ったより若い。斜め後ろからだったのではっきり見えたわけではないが、まだ二十代程度に思える。

「僕？　汚れてないよ、へいきへいき」

すみませんでした、と管理人はもう一度繰り返す。どこかおどおどした管理人は、このあいだ話を聞かせてくれた初老の男が言っていたように「神経質」な感じはしたが「小うるさい」雰囲気はなかった。不破はぼんやりした違和感を覚える。

「タカちゃん、行くよ？」

「ん？　ああ」

ゴトゴトとゴミバケツを動かす音を背中に、錆《さび》の目立つ外階段を上った。

小山の部屋の前に着くと、ドアをノックするより早く扉が開く。同時にコーヒーの香りが漂ってきた。

「どうぞ。狭くて汚いところですが」

「わ、本当に狭い」

「おい」

不破は慌てて探偵を小突く。思ったことをそのまま口にするこの性格はなんとかならないものだろうか。

「いえ、いいんです。この歳《とし》でこんな古いアパートの六畳間に住んでいるなんて、今時珍しいですよね。学生の頃からいるもので、引っ越すのも面倒になってしまってて」

六畳と小さな台所……シンクはレトロなタイル製だ。古すぎて、ある意味味わい深い。部屋をぐるりと見回した不破は、隅に置かれた小ぶりのボストンバッグを見つけた。

「ご旅行ですか？」

「はい。明日から会社の研修旅行なんですよ。こればかりは、行きたくなくてもねえ」

「いいなあ、旅行。うちもしようかタカちゃん。みんなで温泉地とかに行って、わが事務所の将来について討議する。ウン」

市羅木探偵事務所が研修旅行をしたところで、それはただの家族旅行なのではないか。だいたいこの男と旅行に行ったところで、荷物持ち兼運転手にされるだけだ。不破は胸中で呟きつつも、そのまま別の話に移行する。

「部屋をきちんと片づけられてますね。俺が一時住んでたとこはもっとボロかったし、散らかしていたからひどいもんでしたよ」

「ああ、あそこはひどかったねえ。畳は真っ黄色で、風呂《ふろ》もなかった。おまけに万年床だし、部屋の隅には脱いだままのパンツが……兄として、涙が零《こぼ》れそうになったよ」

「え?」

コーヒーを出してくれた小山が驚いた顔を見せ、探偵と不破を見比べた。

「兄弟なんですよ、これでも。よく間違えられるんですが、僕が兄貴」

「じゃ、不破さんが、弟……?」

あたりまえだ。ほかになにがあるというのだ。

だが小山を責めるわけにもいかない。不破も歳《とし》よりは老《ふ》けて見えるが、なにより三十五のくせに二十代に見える探偵がいけない。この男は四十になっても、きっとこの顔のままという気がする。

「ははは。タカちゃんが妹に見えますか?」

「い、いいえ」

「まあ女装でもしてれば見えるのかな?　でもこのごつい男には無理かなあ。ねえ小山さん、どのへんまでごまかせそうですかね?」

ガチャン、とローテーブルの上でカップがぶつかる音がする。

「……は、はい?」

もう少しでコーヒーを零しそうになった小山が、探偵を見た。

「女装。お好きでしょう?」

小山の頬《ほお》がヒク、と引きつる。どうやら無理に笑おうとしたらしいが、それはまったく成功していなかった。

「よくわからない冗談ですね」

声が上擦っている。

妙である。不破にもおかしな冗談にしか聞こえなかったのだが、こうもはっきりと動揺している小山を見ると、まさかという気持ちが頭を擡《もた》げる。

女装?

この、地味で冴《さ》えない、小太りのサラリーマンが女装?

「このあいだ通販で買ったランジェリー、サイズは合いましたか? ほら、花柄のやつですよ」

「なにを言って……」

「いい時代になりましたね。ブラジャー、ストッキング、ガーターベルト。なんでもネットで簡単に手にはいる」

小山の顔がサッと青くなり、次にはいきなり紅潮した。まだ暖まらない部屋は寒いくらいなのに、額にじっとり汗をかいている。

「あ、あ、あなたたち」

「知られたら、困るでしょう?」

なにか言い返そうとして、小山は口を開けた。

だが言葉が出ない。そのまま唇を噛《か》みしめて俯《うつむ》いてしまう。

「女装趣味があるなんて、世間に知られたら困るもんねえ」

「おい、やめろよ」

追いつめるような口調の探偵を諌《いさ》めたが、探偵は不破を見もしない。

「恥ずかしいし、みっともないし、変態だと思われる。親に知られたら大事《おおごと》だ。いや、母親はうすうす勘づいているかもしれない。子供の頃から、化粧品にやたらと興味をしめす子供だった。父の背広には興味はないのに、母のワンピースは大好きだった」

「やめろ!」

小山がテーブルに突っ伏す。がつん、と額がぶつかった音がした。

「近所の女子校の制服に憧《あこが》れた。妹が入学して、すぐそばにセーラー服があった。触りたい、着たい……どうしても我慢できなくて、ハンガーから外したところで母親に見つかった。母親は真っ青になって、次の週から妹は叔母《おば》のところに預けられた」

「やめてくれ……ッ」

くぐもった声が哀願する。それでも探偵はやめない。不破はもう口を挟めず、成り行きを見守るしかない。探偵は、いったい夢でなにを見たのだ?

「父親はあなたを殴った。あなたは高校を出ると、すぐに実家を離れた。母親は、二度と帰ってくるなという目で、あなたを見ていた」

ゆっくりと小山が顔を上げる。

瘧《おこり》のように震えながら、小山は探偵を睨《にら》みつけていた。こめかみに血管が浮き、充血した目には、自分を攻撃する者に対する敵意と憎しみがこれ以上ないほどに表れている。このおとなしそうな男でも、こんな顔をするのか——不破が驚くほどの形相だった。

「あ……あんたたちも、僕を脅《おど》すのか」

あんたたちも？

不破は再び探偵を見る。美貌《びぼう》の男はいつもと同じ顔で、小山の変化を観察するようにじっと見つめている。

「た、探偵だなんて言って、依頼人の弱みを握って、脅したり強請《ゆす》ったり……さ、最低だ。人間の屑《くず》だッ！」

逆上している小山を尻目《しりめ》に、探偵は涼しい顔でコーヒーを飲んだ。そして不破に向かって「煙草《たばこ》」と言う。さすがにこの状況で一服はまずかろうと無視していると、小さく舌打ちして、勝手に不破のポケットに手を突っ込み、自分のメンソールを取り出す。

「ぼ、僕がなにをしたって言うんだ！　法律に触れてるわけでもない、誰に迷惑もかけてない、ただ女の人の服が着たいだけじゃないか！」

「そうですよ」

自らつけた煙草の紫煙を吐き、探偵がさらりと言った。

「ただそれだけのことです。なのに、あなたは僕たちにそれを隠しましたね?」

「だっ……、そ、それは」

「困るんですよねぇ、肝心のとこを隠されちゃ。そもそも嫌がらせメールや、勝手に送られてくる荷物についても、あなたがいちばん懸念《けねん》していたのはその点についてだった。違いますか?」

「ち……」

違うとも違わないとも、小山は言わなかった。ただ短く浅い息を吐き、肩を落とす。

「ちょっと待ってくれ。どういうことなんだ? その点ってどの点だ」

「うそ。タカちゃんまだわかんないの? だから、小山さんがいちばん困っているのは、女装趣味をばらすぞと脅されている点なんだって」

「え? メールで?」

「メールも。笑《えみ》ちゃんに渡したデータは、そこから女装に関する脅しだけ抜き取ってある。送られてきた品物の中にも、関連したものがあるはずだ」

不破は悄然《しょうぜん》としている小山を見る。前髪は乱れ、眼鏡は半分曇り、すっかり情けない有り様となっていた。

「小山さん、ほら、そんな顔しないで」

探偵はテーブルの上に置かれている小山の手の甲を、ポンと軽く叩《たた》いた。

「あなたを責めてるわけじゃないんです。僕としては、あなたの趣味が女装だろうとSMだろうとゴルフだろうと帆船模型だろうと、なんでも構わない。ただ、依頼に関する要《かなめ》の点を隠さないでほしいだけ」

ね、と小山の顔を覗《のぞ》き込《こ》む。小山はかすかに頷いた。

「メールで、女装趣味をばらすぞと脅されましたね？」

「……はい」

「国見勢津子さんと別れたのも、そのせいですね？」

「え？　結婚したら女装趣味を知られると思って、別れたのか？」

「違うよタカちゃん。よく聞いて」

小山はふくふくとした、見ようによっては女性的な手のひらをぎゅっと握る。

「……別れなければ、勢津子さんにこのことをばらすと……今別れれば、言わないでおいてやると脅されました……」

「じゃ、結婚が重荷だったたって話は」

「すみません。嘘をつきました。僕は確かに女装が好きです。でも、ゲイではないので結婚はしたいと思っているし、勢津子さんのことは本当に好きで……好きだから……」

知られたくなかった、ということか。

「女物の、着古した下着が送りつけられたこともあります。その……中年以降の女性が着るような。しかもかなり大きなサイズが」

「それ、取ってありますか」

「いえ、怖くて、捨ててしまいました」

うーんと探偵が天井に煙を吐いて唸《うな》った。

「もう一度、最初から考え直さなきゃいけないな。いちばん重要なのは、小山さんの趣味がどうしてそいつにばれたかということだ。小山さん、クラブとか行ってます?」

「はい?」

「女装クラブ」

「いえ……その、勇気がなくて」

「行けばいいのに。楽しいよ。今度紹介してあげるよ」

「え?」

「え?」

小山と不破が同時に声を上げた。

「僕もたまーに呼び出されて遊びに行くけど。内輪のパーティーとかね。ママに言わせると、僕みたいなのはいちばんつまんないんだって。女装のさせ甲斐《がい》がないらしい」

「あんた、女装クラブなんか行くのか?」

「うん。言ってなかった? あ、今度タカちゃんも連れてってあげよう。いやあ、ママ喜ぶぞー。腕の見せ所だろうな」

冗談じゃないと言いたい不破だったが、小山の手前そうもいかない。探偵は新宿《しんじゅく》や大《おお》久保《くぼ》の怪しげな店のあちこちに出入りがあるようだから、女装クラブもその中のひとつなのだろう。

「もし小山さんがクラブに出入りしてるんなら、そっちの線を調べようと思ったんだけど、関係ないか……ん?」

探偵はふとなにか思いだしたようだ。

「小山さん、クラブに行っていないということは、この部屋で女装してるわけですよね?」

カアッ、と小山の顔が紅潮する。

「は……はい。カーテンを全部閉めて、鍵《かぎ》もかけてから」

「女物の服を買うの、好きですよね?」

「ええ。シーズンごとに新しいのが欲しくなって……」

なるほど、カード払いはそれか。そういえば、国見勢津子も言っていた……小山は買い物につきあうのが好きだと。見るだけでも楽しいのだろう。

「古い服はどうしてます？　この狭い部屋に全部は置けないでしょう？」

「仕方ないので捨てています。でも、いっぺんに女物の服なんか出すと目立ちますからね。少しずつ、小分けにして燃えるゴミに混ぜて」

――ゴミ。

不破は探偵を見る。探偵も不破を見ていた。

今まで小山に送られてきたものはなんだった？　枯れた花、ぐちゃぐちゃのケーキ、黴《かび》だらけの餅《もち》。そして、着古した下着……。

「小山さん、このアパートに中年女性は住んでますか？」

「中年というか……一階に六十前くらいの方が住んでたと思いますが」

「小柄で痩《や》せた人？」

「いえ、かなり体格のよい――あ」

小山も察したようだ。

ゴミ――すべて、ゴミなのだ。

このアパートから出た、ゴミなのだ。

「あ……あ、どうして、気がつかなかったんだろう……」

掠《かす》れた声を絞り出す。

「花、あの枯れた花、た、たぶん僕が勢津子さんにあげた花です……赤いバラ……」

ケーキの出所もわかっている。最初に来た時、老人が教えてくれたではないか。若いカップルが買ってきたケーキ、そののちの喧嘩《けんか》。餅なんか、正月前後ならばどの世帯から出てもおかしくはない。

路上で他人のゴミを漁《あさ》っていれば目立つ。

けれどこのアパートでは、目立たないまま住人のゴミを調べることのできる人物がひとりだけいるのだ。

「管理人、か」

不破は呟き、小山が喉《のど》の奥からグゥと声にならない音を出した。

4

　耳の穴から侵入する風で、鼓膜まで凍りそうに冷える夜だった。現場の古いアパートの前では、若い警察官が野次馬を追い払っている。東《あずま》憲輔《けんすけ》が手帳を見せ、階段を上がって部屋の前に辿《たど》り着《つ》くと、相棒である萱野《かやの》刑事はすでに到着していた。

「ガヤさん」

「おう、東さん。寒いやね」

　黄色い歯を見せてニッと笑う。

「強姦《ごうかん》傷害ですか」

　息を切らしながら東は聞いた。女性らしい小物の多い部屋は派手に散らかり、畳の上の血痕《けっこん》はまだ新しい。鑑識が入る前なので、ふたりは部屋に上がることはしなかった。

「どうだかね。被害者はものすごい勢いで抵抗したらしい。気丈な人だったよ」

「話したんですか?」

「担架の上で少しな。抵抗しなきゃ怪我《けが》はなかったかもしれんが……彼女にとっちゃ、死ぬよりいやだったのかもしれんし……かなりの出血だったからな、心配だ」

「犯人は逃走したんですね」

「ああ。目出し帽で顔はわからなかったが、まだ若い男だったそうだ。二十代から三十前後、やせ型で、黒っぽい服装——もしかしたら、被害者の顔見知りかもしれん。合《あ》い鍵《かぎ》を作られてた可能性もあるなあ」

　東はドアを見た。確かに鍵がこじ開けられた形跡はない。

「それで——」

　東はコートの前をかき合わせて、声を低くする。

「三条槙《さんじょうまき》との関連性は」

「さあて、それはまだわからんよ。確かに、現在あの探偵に依頼を持ちかけた男はこのアパートに住んでいるし、今回の被害者と最近まで交際していたらしい。だが、それと三条が繋《つな》がるかどうかはまた別の話だな」

「彼女を乱暴したのは三条だという可能性は？」

「ゼロとは言わないが、まあないだろう。体型がかなり違うようだし、奴だったら確実に殺すさ」

　萱野の言うことは正しいのだろう。目出し帽を被《かぶ》って婦女暴行をし、激しく抵抗されて目的を遂げず、結局は逃走する——三条には考えられない失態だ。

「おお、鑑識の到着だ。俺たちは退散するとしよう」

「もう？」

「ここにいたって所轄に邪魔にされるだけさ。なにしろ俺たちは胡散臭《うさんくさ》い特別チームだからなあ」

ハハハと笑いながら萱野は階段を下り始める。東もそれに従った。

東憲輔は、数か月前まで警視庁に所属していた。

一方の萱野雅也《まさや》は牛込《うしごめ》署の刑事だった。

現在ふたりは、科学警察研究所の直轄チームとして特別な任務を負っている。チームの目的はただひとつ、三条槙を捕らえることだ。直接・間接的にすでに六人を殺し、いまだ警察の手の届かぬ場所にいる男——三条を見つけるためには、市羅木真音《いちらぎまおん》から目を離さないことである。

「東さん、いま何時だい」

「午前四時三分前です」

「ううん、さすがに今から行くわけにもいかんな。笑子《えみこ》ちゃんに叱《しか》られちまう」

市羅木真音には、愛娘《まなむすめ》と、半分血の繋がった弟がいる。新宿区大久保《しんじゅくおおくぼ》で探偵業を営む三十五歳だが、外見はせいぜい二十代半ばにしか見えない。非常に見目のよい容貌《ようぼう》をしているが、性格はなかなかの食わせ者だ。

——僕が必要と判断する協力ならば、しましょう。

探偵は東と萱野にそう言った。

――けれど、正直、僕は警察を信用していない。ガヤさんのことは、個人的には好きだけれど、それでもあなたは刑事だしね。なにもかもを、あなたがたに喋《しゃべ》るわけにはいかない。僕は自分と、自分の家族を守らなければならないんだから。

東たちが訪れた時、事務所に探偵しかいなかった。

いつも飄々《ひょうひょう》として、どこか惚《とぼ》けている探偵だが、その日だけは違った。真剣な眼差しをまっすぐに向けてきた。いっそ危険を伴う探偵業をやめたらどうかと東は提案したのだが、無駄だよと一笑に付されてしまった。

――僕が探偵をしていようと、サラリーマンをしていようと、槇は来る時には来る。誰にも止められないだろうね。

「ちっとの間、小松川《こまつがわ》署で暖を取らせてもらうとしよう。根城《ねじろ》がないってのは不便だなあ。いちいち柏《かしわ》に戻るわけにもいかん」

科学警察研究所は柏にあるのだ。プロファイラーの和久井篤《わくいあつし》が常駐しており、ふたりの上司である。

「ガヤさん」

「うん?」

「三条は、あの探偵を殺したいわけではないんですよね?」

「そうじゃないと、探偵は言っとったな。ま、俺もそう思うよ」

「ではどうしたいんです？　市羅木真音を、自分のものにしたい？　つまり、家族から奪いたい？」

「拉致《らち》して閉じ込めて、かい？　それも、奴がその気になればすぐにできそうだがな」

「ですよね……」

まだ暗い未明の道路を歩きながら東は考える。

三条槇の具体的な目的はなんなのだろう。事件を引き起こし、人を殺し、市羅木真音に自分の存在を主張する――それはわかる。だが、それだけでいいのだろうか。殺人という行為は三条にとって、市羅木に自分を忘れないでいてもらうための、パフォーマンスにすぎないのだろうか。

「奴が欲しいのは、愛だろうなあ」

「え？」

萱野の呟《つぶや》きを聞き返した。

「三条は探偵に愛されたいんだ」

「愛されたいというのは……具体的にはどういうことです？」

「そりゃ俺に聞かれてもなあ。東さん、あんたわかるのかい。愛ってなんだい？　なにをしてもらったら、相手に愛されていると実感できる？　まあ、あれだ、エッチなことは置いといて」

難しい質問だった。

愛されたい、愛されている証拠が欲しい――強くそう思った時、人は具体的になにを欲《ほっ》するのだろうか。

男女ならば結婚という法的な手段がある。その他ならば、多くの時間を一緒に過ごすこと、経済基盤を共にすること、互いに支え合いながら生きていくこと。けれど、三条が欲しているのは、もっと別のもののように思える。

「私にも、よくわかりません……」

「だろうな。俺にもよくわからんもの」

東と萱野は小松川署の長椅子《ながいす》で朝を迎えた。

途中入ってきた情報では、被害者――国見勢津子《くにみせつこ》は出血は多かったものの、命に別状はないとのことだ。レイプの形跡もなしということで、犯人は強姦未遂と傷害の容疑になる。部屋の血痕は二種類、つまり被害者と犯人のものが残されていた。

もうひとつ、アパートの住人全員に話を聞いたところ、留守にしている者が二名いたそうだ。

ひとりは小山光俊《おやまみつとし》。探偵たちの依頼人である。小山に関しては、職場の研修旅行だという確認が取れている。

いまひとりはアパートの管理人である高井戸仁志《たかいどひとし》だ。

はっきりはしないのだが、少なくとも数日間は姿を見ていないという住人の証言があった。甥《おい》にあたる高井戸圭《けい》が同じアパートに住んでいるのだが、どこに行ったのかは知らない、以前から放浪癖のある人だったと話しているそうだ。

八時半、東たちは小松川署を出て大久保に向かった。

「うう、日が昇っても気温はたいして変わらんなァ」

外に出た途端、萱野が寒さのあまりバタバタと足踏みをする。東も首を竦《すく》めてマフラーに顎《あご》まで埋《うず》めた。

＊＊＊

「――勢津子《せつこ》さんが？」

コーヒーを置こうとしていた不破《ふわ》の手が、一瞬止まった。

「それで、容態は」

「出血は多かったが、今は安定しているそうだ。生命の危険はない」

東《あずま》が相変わらずの堅苦しい顔でそう答え、不破はとりあえず身体《からだ》の力を抜く。ふたりの刑事の前にそれぞれコーヒーを置き、シュガーポットを萱野《かやの》の近くに引き寄せる。すまんな、と萱野が小さく礼を言った。

このふたりは近頃しょっちゅう姿を現すため、コーヒーの好みまで覚えてしまった。

「彼女は犯人の顔を見たんですか?」

「いや、見とらんよ。簡単に部屋に侵入しているんで、顔見知りの犯行も……おい、探偵? どうした、起きたまま寝てるのか?」

「……え? いや、起きてるよ……?」

力の入っていない声で返事はしたものの、探偵はひどくぼうっとしていた。咥《くわ》え煙草《たばこ》のままで不破が出したコーヒーの黒い表面を見つめ、心ここにあらずの状態だ。

「おい、灰が落ちるぞ」

「あ」

不破が指摘してやっと、のろのろと灰皿を引き寄せる。

「どうした。具合でも悪いのかい?」

「ちょっと風邪をひいちゃって……ふぇ……ふえっくしょんッ!」

派手なくしゃみを披露した探偵の目の下には、うっすらと隈《くま》ができていた。電話で萱野たちに叩《たた》き起《お》こされなかったら、おそらく昼まで眠っていただろう。市羅木《いちらぎ》探偵事務所が十時以前に稼働することなど、ほとんどあり得ない。

小山の部屋を訪ねた翌日から、探偵は体調を崩した。熱が出て、この二日は事務所も閉めていたのだ。

おとなしく寝ていろと不破は言ったのだが、探偵は体調が悪くなると夢見も悪くなるらしい。あまり眠るとかえってくたびれると言って、日中はずっとテレビの前で過ごしていた。笑子《えみこ》が帰ってくると、うつしてはいけないと慌ててマスクをかけ、熱が下がってからはふたりでやたらと大きなジグソーパズルで遊んだりもしていた。というか、暇な探偵に笑子がつきあっていたという感じだ。

夜はいつものとおり、探偵はベッドに、不破は床の上に布団を敷いて眠った。探偵のうなされる声に気がついたのは、深夜だった。しばらく様子を見ていたのだが、悪夢は収まりそうになく、仕方なく不破は起きあがり、探偵のベッドの中に入った。

寝汗をかいている身体を抱き込むと、細い指が縋《すが》りついてくる。

夢の中でも、きっと縋れるものを求めていたのだろう。

人は疲れた時には眠る。

だがこの探偵は、時に眠ることそのものに疲弊してしまうのだ。そうなった場合、いったいどこに安寧を見いだせばいい？　心身をどうやって休ませればいいのだ？

改めて考えてみると恐ろしい。だからこそ、探偵の寝息が自分の腕の中で安定する時、不破は言いようのない安堵《あんど》を覚える。

「ズル……。ええと……ガヤさんたちがここに来たってことは、その件と槙《まき》が絡《から》んでいると？」

不破の渡したティッシュで鼻を擦《こす》りながら、探偵が尋ねる。

「あくまで可能性だがね。まあ、あんたらの周囲で起きる事件には、すべて目を光らせておくのが、俺らの仕事だからな」

「依頼人の小山さんは会社の研修旅行中でしたね？　帰りは聞いてますか？」

「今日の昼頃新宿《しんじゅく》駅に着いて、そのままこっちに寄ることになってる」

東の問いには不破が答えた。

「旅行先からそのまま……？　なにか急ぎの用件でもあるんですか？」

「急ぎというか……」

不破はチラリと探偵を見た。どこまでこの刑事たちに話していいのかわからなかったからだ。すると探偵は不破に向かって煙草の合図を出し、そのまま自ら説明を始めた。

「小山さんはね、何者かによる嫌がらせに辟易《へきえき》してたんだ。で、三日前、僕たちは犯人らしき人物を特定したんだけど、その矢先に僕が風邪を……べくしゅっ！」

東があからさまにいやな顔をして上半身を退《ひ》く。身体が資本の刑事だ、風邪をうつされたらたまらないだろう。

「ヴー、タカちゃん、ティッシュ、箱ごとちょうだい……。ええと、そう、犯人だと思われる人物を特定、小山さんが旅行に行っている間に、調べておくと約束したわけ」

「なるほど。で、誰が怪しいんだ？」

「教えてもいいけどさあ」

探偵は、ビーと洟《はな》をかみ、上目遣いで萱野を見る。

「教えたら、１２３頼《ひやくにじゆうさん》める？」

「まあそのくらいならな」

「ガヤさん、それは」

東がなにか言いかけたが、結局は言葉を呑《の》み込《こ》んだ。探偵と警察の癒着だ、などと言いだすのではないかと思ったが、この程度は許容範囲としたのだろう。１２３とは警察庁の機関である照会センターのことだ。車両所有者の照会や、前科などを調べられる。

「どうもね、あのアパートの管理人が怪しいんだ」

「……管理人？　ええと、なんつう奴だったかな東さん」

「高井戸《たかいど》です」

「ああ、そいつそいつ。そいつ調べてほしいな」

すると、東が探偵の顔を見て眉《まゆ》を寄せた。萱野も「ん？」と呟いて首を捻《ひね》っている。

「その男は、現在行方不明だ」

「え？　でも、ええと、三日前はいたんだよ。僕とタカちゃんはアパートの前で会ってる。管理人がゴミを出す準備をしていたんだ」

東が手帳を捲《めく》る。ややあって、「そんなはずはない」と言い切った。

「アパートの住人で中西《なかにし》という男性が、四日前に水道漏れで管理人を訪ねている。だがその時点で確認されていないし、翌日もいなかったそうだ」

「その人の、覚え違いじゃないの？」

「まだ裏は取っていないから、なんとも言えないが」

「管理人の年齢はわかりますか？」

不破の質問に、東は再び手帳に目を落とした。

「高井戸仁志《ひとし》は四十一歳だ」

四十一？　不破は記憶を手繰《たぐ》り寄《よ》せる。

三日前の夜、探偵にぶつかって詫《わ》びたあの男は、もっと若くはなかったか？　暗かったのではっきり見たわけではない。だが、小うるさいアパートの管理人という話から、中年以降の男を想像していた不破が、あれ、と思うほどに若かったのは確かだ。

「もし東さんの言ってることが本当なんだとしたら……」

探偵も同じことを考えているのだろう。鼻の下をティッシュペーパーで押さえたまま、視線だけを動かして言った。

「僕たちが会ったのは、誰なんだろ？」

「管理人を装《よそお》った誰か……？　いや、でも誰かが管理人の代行をしていたのかもしれないぞ。確かアパートに同じ苗字《みょうじ》があった。親戚《しんせき》じゃないのか？」

不破の言葉を受けて、東が「甥《おい》がいるな。高井戸圭、二十五歳だ」と教えてくれた。その年齢ならばしっくりくる。

「やっぱりそうだ。その甥は、叔父《おじ》さんに頼まれてたんだろ、留守の間の管理人代行を」

「いや、それはない」

「どうして」

「甥の高井戸圭は、叔父がいついなくなったのか知らない、昔からフラフラしがちな人で、こんなことは珍しくないと話していた。留守を頼まれていたならば、どこに行ったかいつ戻るか知っていなければおかしいだろう」

東の言うことはもっともだ。

不破は混乱してきた。とすると、甥が自ら率先して、叔父の代わりをしていたのか？　仕方ない叔父さんだなあと思いながら？

「ううん、なんか気になるぞ」

萱野が無精髭《ぶしょうひげ》をざりざり撫《な》でながらぼやく。

「探偵、あんたらが小山さんのところを訪ねたのは夜だろう？」

「そう。八時すぎくらいかな」

「だよな？　俺はよくわからんのだが、東京の場合、ゴミってのは朝出さなきゃいけないもんなんじゃないのか？」

「ガヤさん、それは翌日のぶんを整理していたんだと思いますよ。朝、すぐにゴミを出せるように準備していたんでしょう」

　東の答えに、萱野は八割方納得したような顔を見せる。

「そうか。なら、別段おかしくないのか……偶然か。いやね、なんだかなあ、まるで探偵たちを待っていたみてえな気がしちまって」

　探偵の顔がふいっ、と上がった。

　風邪で充血気味の目が大きく見開かれている。

「……待っていた?」

　管理人――いや、管理人らしき男が探偵を?

　確かにあの時、男は探偵にぶつかった。あるいはそれも、わざとだったのかもしれない。なんのためにそんなことをする?

「僕はあの時」

　探偵の声は掠《かす》れ気味《ぎみ》だ。

「ぶつかられて、少し横によろけた。ほんの数歩だけど、階段脇《わき》にある街灯が照らす面積の中に入った。タカちゃん、覚えてる?」

「あ、ああ。そうだった。……待てよ、つまりあいつは、あんたの顔を見たかったということか?」

珍しいほどに整っていたから、よく見たくなった？　考えられなくはないが、なにか不自然だ。探偵はそれきり押し黙り、なにか考え込んでいる。

「とにかく、警察のほうもまずはその管理人の行方を捜すだろうな。どうも住人たちから好かれてはいなかったようだから、国見《くにみ》さんともなんらかのトラブルがあったかもしれない。なにより、管理人なら合《あ》い鍵《かぎ》を持っている」

萱野の言葉に東も頷《うなず》いている。ちょうどその時、事務所の電話が鳴った。不破は接客ブースから離れて、事務机の上の電話を取る。

「はい、市羅木探偵事務……」

『たっ……助けて！』

裏返った声に聞き覚えがある。不破は受話器を強く握りしめ、探偵を見た。

『不破さ、助け……』

「小山さんですか？　どうしたんです！」

『た、助けてください、──管理人の』

「もしもし？」

ブツッ、と通話が途切れる。

不破はいまだ受話器を置かないまま「小山さんが」とだけ言った。そのあとをどう続ければいいのかわからない。

「何事だい」

萱野に問われたが、それは不破が知りたい。いったい、なにがあったのだ。小山さんは研修旅行に行っているはずなのに。探偵が立ちあがり、今の通話を再生する。三条槙《さんじょう》の一件以来、事務所の電話はすべて録音されるように設定してあるのだ。刑事たちも電話の周囲に集まり、小山の上擦った声に耳を傾けた。

「東さん、署に連絡だ」

「はい」

「探偵、もう一度聞かせてくれ。最後に管理人と言ってるな?」

探偵は頷き、再生を繰り返す。

「……管理人の、と言ってる。小山さんは、このあとをどう続けたかったのかな……」

「管理人の罠《わな》にはまった、とか、管理人の仕業だった、じゃないのか?」

不破が言うと、探偵はいまひとつ納得できないという顔で腕組みをした。そして、

「いやな感じだ」

呟いて、絵に描《か》いたような眉を寄せる。不破も同感だった。

「これはもう、刑事事件だぞ探偵。あんたらの管轄からはみ出とる」

「わかってるよガヤさん。警察は嫌いだけど、ちゃんと協力する。……小山さんが心配だからね」

「小山さんは、管理人に拐《かどわ》かされたのか？」

不破の疑問を受けて、所轄に連絡を入れ終えた東が言った。

「今のところ、アパートにいないのはそのふたりだからな。可能性はある。だが、どうして管理人がそんなことをしなきゃならないのか、動機がわからない」

「管理人は小山さんに個人的な恨みを持っていたんじゃないか？　だからメールで嫌がらせをしたり、自分が管理してたゴミを送りつけたり――そうだ、きっと勢津子さんも関係があるんだ。だって、管理人なら合い鍵で簡単に部屋に入れるじゃないか」

「それって、管理人が勢津子さんを好きだったってこと？　まあ、あり得なくはないけど……だからって、惚れた相手をナイフで刺すかなあ」

探偵は訝《いぶか》しげな顔でソファに戻り、どすんと腰を下ろした。

「それは、あれだ。脅《おど》すつもりが揉《も》み合《あ》いになって……」

「なんだか、極端だよ」

鼻風邪をひいていても、やはり美貌《びぼう》の探偵は言う。

「小山さんの件も同じだ。僕が誰かに恨みを持ってたら、嫌がらせメールくらいは送りつけるかもしれないし、ゴミを送りつけるのもあるかもしれない。それでも腹の虫が治まらなかったら、殴《なぐ》る蹴《け》るくらいもするだろうね。でも、誘拐はしないと思う。身の代金が取れるわけじゃないし、大人ひとり拐かすのはなかなかの手間だよ？」

「探偵の意見に賛成だ。嫌がらせメールと拉致《らち》誘拐には開きがありすぎる」

「おいおい、誘拐と決まったわけじゃないぞ東さん」

　萱野が白髪交じりの頭を掻《か》きながら言った。

「今頃所轄が小山さんとやらの会社に連絡を取ってるだろう。小山さんが失踪《しっそう》したのが本当なら、管理人の部屋の捜索令状が取れるはずだ。そしたら、その嫌がらせメールについても、なにかしらわかるだろうよ。――おい、探偵？」

　探偵は肘《ひじ》をローテーブルにつき、両手で自分の顔を覆うようにしていた。萱野に呼ばれて「うん」と顔を上げたものの、頬《ほお》から赤みがなくなりつつある。

「タカちゃん」

　そして不破を呼んだ。

「タカちゃん、こっち来て」

　不破が探偵の隣に座ると、猫がしなだれかかるように寄りかかり、目を閉じる。そのまま「なんか、怠《だる》いや。……少し眠りたい」と小さく言った。指先を握ってみると、とても冷たくなっていた。

「いいぞ。眠れ」

「うん……」

「おい、寝られては困る。電話の録音と一緒に署に同行してもらって、いろいろ話を」

「ＩＣは勝手に持っていってくれ。今はこいつを動かせない」

東の要請を、不破はぴしゃりとはねつけた。

「しかし、事態は急を要するぞ」

「うちの探偵の体質は知ってるだろ？　無理させて心停止でも起こしたら、あんた責任取ってくれるのか？」

「責任て」

不服顔の隠せない東に、萱野が「寝かしといてやろうや」と窘《たしな》める。

「ただし連絡のつくところにいてくれよ、不破さん」

「わかってる」

「ならいいやね。さて、東さん、俺らも所轄の応援に回るとしよう」

渋々といった風情《ふぜい》で東が立ちあがった。

「ガヤさん」

不破が呼ぶと、年季の入ったコートを着ながら萱野が顔を向けた。

「なんだい」

「――三条が、関係していると思いますか？」

質問に、萱野は即答しなかった。コートのポケットに手を入れたまま、瞼《まぶた》を閉ざしている探偵の顔を見る。

不破の胸にある探偵の頭は、少しずつ重くなっていた。

もうほとんど眠ってしまっている。緩やかではあるがこれも睡眠発作のひとつで、探偵の心身が不安定になっている証拠だ。

「そうじゃないという、証拠もないな」

それだけ言い残して、萱野は東とともに、市羅木探偵事務所を後にした。

＊＊＊

「吉井《よしい》さんよ、いったいなにがあったんだい」

非番の時によく訪れる、居酒屋の主人に聞かれた。厚手のジャンパーを着込んだ主人は食材を仕入れた帰りらしい。表に見える自転車の後ろカゴからは、ジャガイモがこぼれ落ちそうに積まれていた。

「なんのことです?」

書類を書いていた吉井巡査はそう惚《とぼ》けたが、実際のところ、主人がなにを聞きたいのかわかっていた。昨日《きのう》今日と、同じ場所で事件が続いている。付近の住民が気になるのも無理はない。

「なにって、例のアパートだよ、木蓮荘《もくれんそう》」

やはりそれか、と吉井巡査は顔を上げる。

「あそこ、うちの馴染《なじ》みさんの家のすぐ向かいでさ。なんでも昨日は女の子がレイプされたっていうじゃないか」

「強姦《ごうかん》ではなくて傷害ですよ。噂《うわさ》を鵜呑《うの》みにしちゃだめです」

「そうなのかい？　で、今日の騒ぎはなんなの。警察だの鑑識だの、今度は別の部屋に入っていったじゃない」

「その件については、まだよくわからないんです」

「なんだい、吉井さんだって警察官なんだから、わからないことはないだろう。ああ、まだルーキーだから教えてもらえないのかい？　ワハハ」

主人は冗談のつもりだったのだろうが、吉井巡査は内心、かなりカチンときた。上司たちと飲みながら、説教されているところをよく見られているので尚更《なおさら》だ。

「わからないというか、言えないんですよ。まだ公表されてないんだし」

「へーえ。でも、事件なんだろ？」

「まあ、事件ですけどね」

誘拐事件である。

誘拐されたのは木蓮荘の住人、小山光俊《おやまみつとし》、三十二歳会社員。現在、重要参考人としてあがっているのは、木蓮荘の管理人である高井戸仁志《たかいどひとし》だ。

どうやら高井戸はアパートの住人にあまり好かれてはいなかったらしい。住人が出すゴミを漁《あさ》り、プライバシーを侵害していたという疑いもあると聞いている。

「なんにしろ、同じアパートで立て続けに事件なんて、物騒なこった。早く犯人捕まえてくれよな、吉井さん」

捜査チームに入っていない自分に言われても困るよ——そうは思ったが、口に出すわけにもいかない。吉井巡査は「鋭意努力します」と受け流す。

居酒屋の主人が帰ってしばらくしたあと、署に出向いていた巡査部長が戻ってきた。

「吉井、おまえも高井戸の写真をよく見ておけよ。まだこのへんをうろついてる可能性も高い」

「高井戸仁志が被疑者に確定ですか」

「奴の部屋にあったパソコンから、小山さんに宛《あ》てた嫌がらせのメールが、大量に出てきたんだ」

巡査部長の話によると、そのメールには死ねだの、殺してやるだのと書いてあったそうだ。ふたりになにか確執があったのは間違いないだろう。

「そりゃまたずいぶん、陰湿な奴ですね」

「前科はないんだが、以前から身内での問題はいろいろと起こしていたらしい。同じアパートに住んでる甥《おい》っ子《こ》の話じゃ、親戚《しんせき》の間でも鼻つまみ者だったそうだ」

「そうだ、その前の、女性の事件……高井戸はそれにも絡《から》んでるんじゃないすか?」

「捜査本部もその方向で動いてる。彼女を襲った犯人の血液型はA型。高井戸もA型だから、一致している。ただ、ガヤさんが言うには——」

「ガヤさん? 以前部長の話に出てきた、牛込署の萱野《かやの》さんですか?」

「そうだ。あ、いや、今は牛込署じゃないんだけどな」

上着をロッカーにしまい、巡査部長は両手をさすった。外は相当冷えるらしい。

「ガヤさんも応援に来ててな、教えてくれたんだが、国見《くにみ》さんの部屋からは高井戸らしき指紋は出ていないんだよ」

「暴行しようとした時、手袋をしていたとか?」

「いや、被害者がそれはないと証言してる。実際、別人の指紋ならば、べたべたついていたんだが、まだ誰のものなのかは不明だ」

ということは、国見さんを襲ったのは管理人の高井戸ではないのか?

吉井は書類を書く手を止めて考える。同じ場所で起きたので、つい繋《つな》げて考えがちだが、それに惑わされてはいけないのかもしれない。ふたつの事件がまったく別だという可能性もあるのだ。

「おい吉井、なに考えてる? 先に釘《くぎ》を刺しとくが、以前みたいに勝手に聞き込みなんかするなよ?」

数か月前、顔馴染《かおなじ》みの老人宅で強盗傷害事件が発生した時のことだ。吉井は犯人を見つけ出したいあまり、近所に聞き込みをして回った。勝手にしてしまったものだから、あとから担当刑事が「このあいだ別のお巡《まわ》りさんに話したのに、またか?」と言われてしまい、一悶着《ひともんちゃく》あったのだ。

「し、しないスよ。自分は地域課の人員として、できる範囲で捜査に協力します」

「ならいいけどな。頼むぞ新人」

巡査部長は笑って、やや乱暴に吉井の肩をバシンと叩《たた》いた。

5

その届け物を最初に見つけたのは不破《ふわ》だった。小山《おやま》が誘拐された翌日の朝、事務所の扉の下に挟まれていたのだ。

事務用品としてよく利用される、縦長の茶封筒。

拾い上げると、中になにか硬いものが入っている。

「……やっぱり、きたか」

不破の後ろに立っていた探偵が呟《つぶや》く。

「これがなんなのか、心当たりがあるのか?」

「なんなのかはわからない。でも、槇《まき》からだってことはわかる」

「三条《さんじょう》から?」

「そう。もし今起きている一件に槇が噛《か》んでいるんだとすれば、そろそろなにかしら連絡をよこす頃だと思ってた」

前回も、三条槇は手紙をよこした。それは白紙の手紙だったが、切手はあるものの消印がなく、本人がここまで持ってきたことは明白だった。あの男が頻繁《ひんぱん》にこの近隣をうろついているのかと思うと、胃がじわりと痛む気がする。

「あいつが、噛んでるのか？　でもあんた、小山さんの夢を見た時にそれはないって言ってたじゃないか」

「僕がいささか浅慮だったのさ」

探偵は先に事務所に入りながらそう言った。黒いロングコートをばさりとソファに放《ほう》り投《な》げ、道すがら買ってきた缶コーヒーを啜《すす》る。

「槇が接触したのは、僕たちが接触していない人物だ」

「つまり、管理人か？」

「かもしれない。――タカちゃん、なにが入ってる？」

「あ、ああ」

慌てて封筒を開く。

中に入っていたのは鍵《かぎ》だ。ごく一般的な、玄関ドアの鍵。

「ほらね。メッセージだ」

「これが？」

探偵は不破から鍵を受け取り「槇はこういう遊び方が好きなんだよ」と言う。さらにはなにを考えてるのか、鍵を自らの額にぴたりと当てて目を閉じ、

「――僕を呼んでいる」

そんな馬鹿《ばか》なことを言う。

「なに言ってんだ。それがどこの鍵だかわからんが、すぐにガヤさんに連絡しよう」

「ああ、だめだよタカちゃん」

受話器を上げた不破の腕を摑《つか》み、探偵は首を横に振った。

「どうして」

「これが槙からのメッセージだとしたら、つまり小山さんは槙の手中にある。僕たちが警察に連絡なんかしたら、槙はさっさと小山さんを殺すはずだ」

「そ……小山さんは、なんの関係もないじゃないか」

「そう。でも、槙は躊躇《ためら》わない。間違いなく殺す」

探偵は脱いだばかりのコートを取って、再び袖《そで》を通した。

「行くよ、タカちゃん」

「どこへ」

「この鍵が差さるところ」

「見ただけでわかるのか?」

慌てて自分もブルゾンを羽織り、不破も探偵の後ろにつく。鍵をストン、とコートのポケットに落とし「そんな難しいことじゃないさ」と探偵は言った。

「たぶん、あのアパートの部屋のどれかだ」

「小山さんか?」

「違うな。槇はその鍵の部屋で、僕になにか見せたいんだ。でも小山さんと国見勢津子《くにみせつこ》さんの部屋は警察がさんざん調べている。管理人の高井戸《たかいど》の部屋にもすでに捜査が入った」

「でも、事件の関係者はそれで全部だろ？」

小山光俊《みつとし》、国見勢津子、高井戸仁志《ひとし》。

鍵は、この三人の誰かの部屋のものではないのか。

「その三人ばかり気にしていたから、いけなかったんだ」

寒風の中、首を竦《すく》めながら探偵は言った。今日はこれから雪になる予定だと気象予報士は言っていた。

「他に誰がいるんだよ」

「僕たちが管理人だと思い込んでいた男がいただろう？　ガヤさんが、なんでそんな時間にゴミを処理するんだって、不自然に思っていた奴……くしゅッ」

不破は自分が巻きつけていたマフラーを外し、ばさりと探偵の首に巻きつける。探偵は礼を言うでもなく、ただ安堵《あんど》したような吐息をついて、マフラーに鼻まで埋《うず》める。そして小さな声で「タカちゃんがくれたやつ、洗濯中なんだ」と呟いた。

「ガヤさんが気にしてたのは管理人の甥《おい》なんだろ？　いなくなった叔父《おじ》に代わって、管理人の代行をしてた」

「そう。管理人の甥なんだ。管理人の、甥……小山さんは、電話でなんて言ってた？」

「『助けてください、管理人の――』……あっ……」

「『管理人の甥が』って言いたかったんじゃないかな。管理人本人が犯人なんだったら、『管理人が』のほうが自然だと思うんだよ」

「そうか。それはありうる……おい、どこに行くんだ。駅はこっちだろ」

　探偵が突然進路を変更した。

「ちょっと、寄り道」

「どこへ」

「最愛の娘の顔を見たくなった」

　つまり、笑子《えみこ》の通う中学校に向かっているというのか。

　ポケットに手を入れたまま、普段からは考えられない速足で歩く。不破はそのあとを追いながら、こんな親に突然訪ねてこられたら、娘はさぞ迷惑だろうなあと考える。

　俳優顔負けの美貌《びぼう》、伸びっぱなしの靡《なび》く髪、真っ黒なロングコート。目立ってはいけないと思ったのか、校門の手前でサングラスをかけた。ますます目立つ。それどころか、すでに不審者である。

　昇降口にいた女生徒を捕まえ、探偵は「二年C組の市羅木《いちらぎ》笑子ちゃん、呼んできて?」と伝えた。口を開けて探偵を見上げていた女生徒は、言葉も出ないまま頷《うなず》いて、廊下を走る。教室はそう遠くなかったらしく、すぐに笑子がやってきた。

「真音《まおん》?」

　ほとんど同時に教師たちも駆けつけてくる。怪しい男が侵入したという報告を受けたのだろう、慌てた様子で「な、なんですか、あなたは」と問いつめる。

「勝手に学校に入られては困ります」

「先生、私の父です」

「え? 市羅木さんの? ええと、本日はどういったご用件で……」

「先生、そっちは叔父。父はサングラスのほうです」

「ええっ?」

　なんだかもうわけがわからない。不破が間に入り「少し話がしたいだけですから」と説得すると、教師たちはかろうじて納得し引きあげていった。そうこうしているうちに、もう休み時間はほとんど終わりかけている。

「どうしたの、真音」

　遠巻きに興味津々《きょうみしんしん》の視線を送るクラスメイトを気にもせず、笑子はいつもと変わらない様子で探偵に向き合う。

「うん。笑ちゃんに、会いたくなって」

　探偵がサングラスを取る。娘を見つめる目は、いつも限りなく優しい。

「あたしが帰るまで、待てなかったわけ?」

「突然、どうしても会いたくなったんだ。……抱っこしていい？」

「いま、ここで？　――しょうがないなあ、もう……」

呆《あき》れ顔《がお》を見せながらも、笑子は探偵に歩み寄った。探偵が自分よりずっと小柄な娘を深く抱きしめると、クラスメイトたちがどよめく。類《たぐい》希《まれ》な美青年と女子中学生の抱擁なのだから、静かに見ていろというほうが無理だろう。

「はい、ほら、もう終わり」

「もう？」

「チャイム鳴ってる。先生が来ちゃうよ」

「わかった。笑ちゃん――今日はちょっとごたごたするかもしれないから、朴《パク》小母《おば》さんのとこに帰ってくれる？」

ぴく、と笑子の眉《まゆ》が動いた。

「……あいつに、会うつもり？」

「わからない。でも、可能性はあるね」

そんなことは許さない――笑子はきっとそう言うと、不破は思っていた。この並はずれて利発で、ちょっと生意気な笑子がどれほど父親の心配をしているのか、それは不破も知っているつもりだったからだ。だが、

「そのほうが、真音は安心できるんだね？」

笑子はそんな問いを父親に向ける。探偵は黙って微笑《ほほえ》んだまま、静かに頷いた。

「わかった。なら、そうする」

「ありがとう」

もう教師がそこまで来ている。

教材を抱えた中年女性だったが、探偵を見つけて目を丸くし、歩みを止めた。

「おっと、勉強の邪魔しちゃいけないね。もう行こう、タカちゃん」

「ああ」

「真音」

背中を向けかけた父親を、娘が呼んだ。

探偵はゆっくりと振り返る。

大きな瞳《ひとみ》は真っ直《ま す》ぐに探偵と不破を見ていた。

「ちゃんと帰ってきて」

「引きずられないで、ちゃんと帰ってくるんだよ？　わかった？」

「……うん」

「タカちゃん、頼んだよ」

「ああ」

不破の返事を確認すると、笑子は教師に「先生、お待たせしました」と声をかけた。

教師はハッと夢から覚めたような顔をして、チラチラと探偵を気にしながらも教室に入り、最後に頰《ほお》を染めて会釈《えしゃく》をし、扉を閉めた。

「――あんた、会うつもりなのか、あいつに」

三条槇に。

軽々と、人を殺すあいつに。

「会う必要があるならね」

「そんな必要ない」

「あるよ。僕の出方次第で死ななくてすむ人がいるんなら、会う」

「あんたが犠牲になるってのか?」

「犠牲?」

校庭を突っ切って歩きながら探偵は薄く笑った。窓から生徒たちが鈴なりになって注目している。

「槇は僕を殺さない。前にも言っただろ?」

「でもあんたを拉致《らち》するかもしれない」

「それもないよ。槇は僕の身体《からだ》が欲しいわけじゃない。……まあ、身体も欲しいだろうけど、それだけじゃ意味がないんだ。無理やり誘拐したいなら、とっくの昔にそうしてるだろうさ」

「じゃあいったい……」

「槙はね、僕を自分の世界に引きずり込みたいんだ」

「自分の世界……？」

探偵はくるりとターンして校舎を見上げた。

娘のいるクラスに向かって大きく手を振る。キャアキャアと手を振り返しているのは、笑子をのぞく女の子たちと、教師だ。

「槙はたったひとりなんだ」

愛嬌《あいきょう》を振りまきながら、探偵は言う。

「孤独という言葉はよく使われるけど、僕は槙ほど孤独な奴を知らない」

「人殺しなんかしてりゃ、孤独にもなるだろうよ。……あんた、まさかあいつの肩を持つ気じゃないだろうな？　奴と一緒にいてやろうなんて思ってないだろうな？」

「思ってない」

校門を出て、探偵は通りがかりのタクシーに向かって手を上げる。

「僕には娘と弟がいるんだ。槙のところへは、行けないよ」

「なら三条には会わないのが得策だと思うがな」

「残念ながら、逃げ切る自信もなくてね。三人でアマゾンの奥地で暮らすってわけにもいかないだろ？」

「ワイルド・ライフもいいかもしれないぞ」

「コンビニのないとこで生きてく自信はないなァ」

タクシーが止まり、探偵が先に乗り込む。続けて不破が身を屈《かが》めた時、ふわ、と白いものが横切っていくのが見えた。

初老の運転手がやれやれという声音で、降ってきましたねぇ、とぼやいた。


その鍵に相応《ふさわ》しい扉は、実にあっさりと見つかった。

探偵の言ったとおり、高井戸圭《けい》の……つまり管理人の甥の部屋である。住人の姿が見えないのをいいことに、探偵は遠慮なく部屋の中に入る。

「おい。勝手に入っていいのか」

「よくない。不法侵入だね。ほら、早くドア閉めて」

勘弁してくれよと思いながらも、不破も靴を脱いで探偵に続く。

散らかり放題の部屋だ。

畳の上にパイプベッドが置いてあり、ベッドの上は丸まった布団《ふとん》や衣類で小山ができている。小さなローテーブルには何日放置してあるのかわからないマグカップ、食べかけのスナック菓子。スポーツ新聞に郵便物に諸々《もろもろ》の小物類。

壁一面の本棚には、難しそうな本からマンガまで、ぎっしり詰まっている。雑誌類は畳の上に散乱していて、これもまた数が多い。定期的に処分したりしないのだろうか。

「パソコンがあるな……自作マシンだ」

「自作？　パソコンって素人《しろうと》でも作れるものなのか？」

「知識があれば作れる。笑ちゃんも作ってたけど、最近はかえって高くつくからってやめたって──彼は……ちょっとマニアっぽいな。仕事は……してなさそうだ」

足元に古い就職情報誌を見つけて探偵は言った。部屋の中にスーツが吊《つ》るされている様子もないので、少なくともサラリーマンではないのだろう。

「で？　なんか見つかったのか、三条からのメッセージは」

「ない……ヘンだな。そんなにわかりにくいものじゃないはずなんだけど」

「まるでゲームみたいだな」

「ゲームなんだよ。槇にとっては」

ゲームで人を殺すのか。それで心は痛まないのか。

「俺には理解できないね」

「そりゃそうだろうな……だから言っただろう？　槇は孤独なんだよ。孤独っていうのは、誰にも理解されないことなんだ」

「理解されない？」

「理解されなけりゃ、愛されないでしょ」

「でもあんたは、あの男を理解しているように聞こえる」

「どうかな……理解、しかけたのかもしれない」

書棚から一冊の本を取り出して探偵は呟くように言った。手にした本には『犯罪者心理の闇《やみ》』と書いてある。

「なんだその本。ここの住人、ちょっと危ない奴なんじゃないのか？」

「短絡的だなタカちゃんは。犯罪に関する本が好きでも、犯罪者とは限らないよ」

「けどその一列、そんなのばっかりじゃないか」

「そうだね。でもみんな綺麗《きれい》なもんだ……棚に収まってからは、ほとんど手に取られていない。この下の棚もそう。心理学、哲学、宗教もあるな。どれも新本みたいに綺麗だ。折れ目ひとつない……まあ、飾り本だね」

「飾り本？」

「そう。難しい本を買っても、たいして読まないで満足しちゃうタイプ」

どきりとした。

学生時代には、不破もそんなことをしていた記憶があるからだ。

「向学心はあるんだけど、自己愛もかなり強い。……こういう人は、自分が思っているよりずっと精神的に脆《もろ》くて、他人に利用されやすいから気をつけないと――」

本を元の位置に戻した探偵は、もう一度部屋をぐるりと見回す。三条からのメッセージはまだ見つからない様子だ。

一か所見ていない場所が残っている。

トイレとユニットバスが一緒になっているスペースだ。比較的最近リフォームしたのだろうか、全体的にくすんだ部屋の中で、その扉だけが黄ばんでいない。

探偵がドアノブを握った。

ゆっくりと引く。探偵の視線はまず、床に向いた。

「どうした」

「入っちゃだめだ、危ないよ。……破片が散らばってる」

「破片？」

「鏡が割れてる」

不破は狭いバス内を覗《のぞ》き込《こ》む。

確かに、小さな洗面台の上部壁につけられていた鏡が割れていた。その破片はほぼ取り去られているようだったが、まだ小さなカケラがちらほらと光っている。ラックにはポンプ式のシャンプーとリンス。使いかけの石鹼《せっけん》。T字かみそりとシェービングフォームもある。すっかり乾いたバスタブは、思ったより綺麗に掃除されており、黴《かび》も湯あかも見あたらない。住人は清潔好きなのだろうか。そのわりに、部屋は汚かったが。

「……あった」

探偵がぽつりと言った。

「え？」

「ほら、これだよ」

探偵は乾いた洗面台を見下ろし、そこに落ちていた比較的大きな鏡の破片……手のひらに収まる程度のそれを、そっと摘《つま》み上《あ》げる。

「危ないぞ、切るなよ」

「大丈夫……タカちゃん、見える？」

手のひらに破片をのせて、探偵は不破に向けた。

なにか書いてある。

――数字。０９０で始まるそれは、携帯電話の番号だ。

「メッセージだよ。電話してこいと言っている」

「三条、が？」

「そう」

「でも、もしかして、ここの住人じゃないのか？　管理人の甥が……」

「嫌がらせメールを出していたのは、ここの住人だろうね。高井戸圭、だっけ」

「え？　管理人じゃないのか？」

「テーブルのところにあった写真に気がつかなかった?」

「写真?」

タカちゃんは観察力が乏しいなあ、と溜《た》め息《いき》をつかれてしまう。不破はもう一度ごちゃごちゃしたテーブルの上を見る。すると、デジカメで撮って、自分でプリントアウトしたらしき写真が数枚あることに気づいた。被写体は女性だ。

「……国見《くにみ》さん?」

斜め横、後ろ姿、アパートの階段を上がっているところを下方向から——全部で六枚、すべて国見勢津子《せつこ》だった。

「そう。国見勢津子さん。隠し撮りじゃないかな。探せばまだまだあるだろうね」

「ってことは……つまり、高井戸圭は国見さんに気があったのか?」

「そういうことになる」

「でも、管理人の部屋にあったパソコンからも嫌がらせのメールが……」

「データを移植しただけだ。そう難しいことじゃないよ」

不破は混乱気味の頭で考えた。

高井戸圭は、国見勢津子が好きだった。けれど勢津子は小山と交際していた。面白くなかった圭は、なんらかの方法で小山の女装趣味を知り、それをネタに勢津子と別れろと脅《おど》しをかけた——そこまではわかる。

「小山さんの女装癖を最初に知ったのは、管理人だね。あの管理人には確かにゴミを漁《あさ》る覗き趣味があったんだ。それを甥っ子に喋《しゃべ》っていたんだろう。甥っ子が国見さんに気があるのも知っていたはずだ。だから、小山さんへの嫌がらせに協力はしたかもしれない。つまりゴミの提供者だ——でも、管理人が関与したのはそこまで。それ以上でも、以下でもない」

「じゃあ、勢津子さんを襲ったのは……」

「そう。管理人じゃなかった。甥のほうだよ。勢津子さんの部屋から管理人の指紋なんか出るはずがない。最初からついてないんだから」

「嫌がらせや、暴行や……自分がしたことがばれないように、こいつは叔父に罪を被《かぶ》せようとしたのか？　メールを移植したりして？　でも、そんなの当の叔父が否定したらそれまでだろ？」

探偵は、顎《あご》を少し上げて目を閉じ、小さく息を吐いた。やがて再び目を開けると、ポケットから携帯を取り出しながら言う。

「たぶん、叔父さんは否定できないんだ」

携帯に打ち込んでいるのは、鏡の破片に書かれた番号だ。携帯を耳に当てたまま、静謐《せいひつ》な目をした美貌が不破を見る。そしてもう一度言った。

「もう死んでるから、できないんだよ」

＊＊＊

ここは、どこなのだろう。

寒い。すきま風がビュウビュウと入ってくるプレハブ小屋だ。かつては納屋《なや》として使っていたのかもしれない。あたりは静かで、人の気配はない。

「お、大声を出したら、ぶっ殺すからな」

最初はとても怖かった。

こんなことになるなんて予想できるはずもない。会社の研修旅行は、ほとんど慰安旅行に近いものだった。二泊三日のうち、日に数時間の講義があるくらいで、あとはのんびりと温泉につかり、飲めや歌えの宴会続き。だが小山《おやま》は例の嫌がらせの件が気懸かりで、ちっとも酔えなかった。管理人が怪しいというところまでは漕《こ》ぎ着《つ》けたが、このあとはどうなるのだろうか。もうあのアパートを出たほうがいいのだろうか。

帰りのバスでもビールを飲み続けていた同僚たちと、新宿《しんじゆく》駅で別れた。

そのまま大久保《おおくぼ》の市羅木《いちらぎ》探偵事務所を訪れるはずだったのに——。路上で道を尋ねられた時、車に近づくべきではなかったのかもしれない。きつい臭《にお》いの布を嗅《か》がされて、あっというまに意識はなくなった。

「ぬ、脱げ」

今でも、怖いことには変わりはない。

「服を脱いで、こ、これを着ろ、変態」

けれど、自分より、もっと怖がっているのはこの男なのではないか。小山はそう思いながら、ぐずぐずと身体《からだ》を動かした。ここはひどく寒いうえに、さっきの変な臭いがまだ身体の中に残っているようで、吐き気がする。

「さっさとしろッ」

どか、と背中を蹴《け》られた。

こんなに乱暴な人だっただろうか。時々は、アパートの前ですれ違うことがあった。小山がする挨拶《あいさつ》を、言葉で返してくれたことはない。だが、かすかに頷《うなず》くようにして、無視することもなかったのだ。

高井戸圭《たかいどけい》が小山に突きつけたのは、女物の服だった。

ずいぶん前に処分したはずの、紫色のニット。襟回りにひらひらした飾りがついていて、ボタンは白いパールだ。フレアのスカートは黒。これも以前小山が捨てたものだった。そしてウィッグ。どれも紙袋に入れて、中身が見えないようにしてからゴミ袋に入れていた。やはりどこか離れた場所に捨てるべきだったのだろう。今頃後悔しても遅い。

「へ、変態野郎、早くしろと言ってんだろ！」

高井戸圭はひどく苛《いら》ついていた。

何度も小山を罵《ののし》った。変態、オカマ、変質者、クズ――メールにあったような言葉の羅列だ。小山は黙って着替えながら聞いていた。不思議なもので、汚い罵倒《ばとう》の言葉は何度も何度も聞いているうちに、その効力を失っていく。今までずっと、変態と言われるのがいちばん怖かった。テレビでお笑い芸人たちが「なにしとんのやこのヘンタイ！」と言うだけで、頬《ほお》が引きつる思いだった。

なのに、こうしてなにもかもがばれて、恋人を失って、理由もわからないまま拉致《らち》され、女装しろと言われ――そうしたら、妙に気分が落ち着いてきた。恐怖に対して、一種の麻痺《まひ》状態に陥《おちい》っているのだろうか。

あるいは、このまま殺されるかもしれないのに。

さしたる理由などなくても、人を殺す奴はいるのだ。

網タイツに足を通す。こんなものまで用意してあったのかと、なんだかおかしくなった。口元だけで笑うと、高井戸が「にやにやすんじゃねえよッ！」と怒鳴り、また蹴られた。もう何度蹴られたのか覚えていない。顔も殴られたので、口の中が痛い。痣《あざ》もできているだろう。

「う、嬉《うれ》しいのか変態！　女の服着て、嬉しいのかッ！」

「――嬉しいよ」

答えると、高井戸は目を剝《む》いた。

「な、なに、」

「僕は、女の人の服が好きだ……だから、着たい。スカートを穿《は》いていると、心がうきうきして楽しくなる」

「バッカじゃねえのかッ、このド変態！」

「変態だけど、べ、別に悪いことはしていない」

「ほざいてんじゃねえよ！　変態のくせに……あの人を、国見《くにみ》さんを騙《だま》してたじゃないか！」

「確かに、勢津子《せつこ》さんには隠してたけど、でも、僕が彼女を好きだったのは本当だ」

「女装して、ふたりでレズごっこでもしたかったのかよ？　き、気持ち悪《わ》りィ奴！」

「そ、そんなんじゃない」

そういう趣味はないのだ。女装は好きだが、それは性的な興奮とはあまり結びつかない。いや、正直に言えば最初の頃は、女性の下着をつけると興奮した。だが女装を繰り返すうちに、性的興奮は収まり、むしろ心身の安定が得られるようになってきた。

小山にとって、女装は憩《いこ》いなのだ。それを他人に説明するのは難しい。

中には、女装して、本物の女性と性行為を行いたいと考える人もいる。それだって、相手の了承さえとれていれば、犯罪ではない。

あるいは、女装して男性に抱かれたい人もいる。いろいろな人がいて、どの場合でも、当人たちは真剣だ。変態なのかもしれないけれど、そうせずにはいられない真剣さと向き合って生きているのだ。

「おまえたちは社会のゴミだ！」

「……だからゴミを送りつけたのか、きみは」

「ふん。おまえたちみたいなのは、でかい焼却炉で燃やしちまうべきなんだっ。くそ、同じ空気を吸ってると思うだけで反吐《へど》が出るぜ」

「ぼ、僕は誰にも迷惑はかけてない」

ドン、と今度は腹を蹴られた。思い切りだ。

網タイツを穿きかけたままで、小山は丸くなった。苦しくて吐いてしまったが、出たのはほとんど胃液だけだった。

「圭。そんなことしちゃいけない」

痛みの中で、鼓膜が静かな声を拾う。

もうひとりの男が、いつのまにか戻ってきていたようだ。小さく音がして、水のペットボトルが蹲《うずくま》る小山のそばに置かれた。

「だ、だ、だって」

「彼の言うとおりじゃないか。別に女装は誰の迷惑にもならない」

「けど変態だろっ」

「人間なんか変態ばかりだよ……なにを苛ついてる。薬が切れてきたのかい？　きみは我慢の利《き》かない人だな……ほら」

　男がなにか小さな包みを高井戸に渡した。高井戸はそれを握りしめて「く、車に」と言って走るように出ていく。近くに車が停《と》めてあるらしい。

「小山さん」

　呼ばれて、顔を上げる。

　知らない男だ。

　背が高く、とても整った顔立ちをしている。ふと市羅木探偵を思いだしたが、彼のようにやや女性的な美貌《びぼう》ではない。あくまで男を感じさせる、強い印象の美男子。

「あなた、女装は似合いませんよ」

「……知って、ます」

　答えると、男がかすかに笑う。

　それは嘲笑《ちょうしょう》ではなかったが、背筋が凍りつくような冷たい微笑《ほほえ》みだった。

「せっぱつまった時、やっと自分と向き合える人がいるけど、あなたはそのタイプだったんですね」

「……え」

「その点、圭はだめだ。自分に甘くて、誘惑にひどく弱い。自分がまったく、見えていない。自分のことがわかっていない。何度鏡を見ても、ちっとも自分がわからない。鏡じゃなくて、本人の目が歪《ゆが》んでしまっている——水、飲んでいいですよ」

低音の美声が言った。口調はとても優しいのに、小山の中でさっきよりも恐怖が増している。激昂《げっこう》して暴力をふるう高井戸のほうがまだ怖くない。理解できるからだ。

以前、管理人から甥っ子の愚痴を聞いたことがある。

——いい歳《とし》をして、定職にもつかねえ。ブラブラして親の金を食いつぶして……俺だって人のこたあ言えないけどよ、親のスネだけは囓《かじ》らなかったぜ。なのにあいつはダメだ。下手に一流大学なんか出ちまったもんだから、いまだに自分が偉くなれると思ってんだ。エリートだと思ってんだよ。

管理人は、そう言って甥をあざ笑った。

小山には、高井戸圭の気持ちが少しわかるような気がした。小山もまた、途中までは親の期待も大きい優等生だったのだ。

そう、あの日、妹のセーラー服を弄《いじ》り回《まわ》しているのを見つかるまでは。

こんなはずではなかった。

こんなのは違う。これは本当の自分ではない。

いつか、まだいつか、きっといつか。

……そうやって、自分自身の姿から目を逸《そ》らし続けてしまう気持ちは、わかるのだ。

自分自身がそのまま映る鏡など、この世にはない。

左右は逆になる。

強い思い込みが働く。

いつもより背すじを伸ばし、澄まし顔をしてしまう。

……誰だって、そんなものだ。

「飲まないと、脱水症状起こしますよ」

男が屈《かが》み込《こ》んで、ペットボトルのキャップを開けた。

上目遣いに小山を見て「どうぞ」と笑いながら差し出す。

だが目が笑っていない。震える手でペットボトルを受け取りながら、自分はきっとこの男に殺されるのだと、小山は思った。

＊＊＊

木蓮荘《もくれんそう》の管理人、高井戸仁志《たかいどひとし》が見つかった——ひと目では誰ともわからぬ、黒焦《くろこ》げとなった姿で。

「やられたな」

荒川《あらかわ》から吹きつける、雪交じりの風が萱野《かやの》のごま塩頭を乱す。その隣に立っている東《あずま》は、高井戸仁志の遺体が放置されていた現場を睨《にら》むように見つめていた。

太陽のほとんど見えない、曇り空が暮れていく。

完全に日が落ちればもっと冷え込むことだろう。ここは春ともなれば大勢の人々が訪れる花見の名所だそうだが、今は裸の桜が寒々しい。

「うう、なんてぇ風だ。……東さん、死亡時刻、出てるかね」

「まだ厳密ではないそうですが、死後一週間前後だろうと」

「はあ。一週間も前に殺されてるのに気がつかなかったわけかい、俺たちは。いったいなにを見てたんだかなあ……」

つくづく、東もそう思う。いったいなにを見ていたんだ。

小山《おやま》への脅迫、国見《くにみ》への暴行。それらが管理人の仕業だと考えていた。逃げているのだろうと思い込んでいた。

どうやら今回の件には、三条槇《さんじょうまき》は絡《から》んでいなさそうだと、安易に判断していたのだ。

「死体に強姦《ごうかん》未遂は、できんのになァ」

「……管理人を殺したのは、三条でしょうか」

「直接手を下したのは甥《おい》の高井戸圭《けい》かもしれん。昨日から姿が見えないそうだ。国見さんを暴行したのも、奴だろう……これは指紋が出ればすぐわかる」

小山光俊《みつとし》への嫌がらせ行為と誘拐。

高井戸仁志の殺害。

国見勢津子への強姦未遂と傷害――。

これらの実行犯が高井戸圭だという証拠は、数時間で出揃《でそろ》うはずだ。

「だが、すべてを教唆したのが三条槙だという証拠は、出ないんでしょうね」

「なにしろ頭のいい男だからな。物的証拠はまず残さんだろ。あとは、高井戸圭を生きたまま引っ張るしかないわけだが――さて、まだ生きてりゃいいが」

「ガヤさん」

「はいよ」

「……探偵は、どうしてます？　今日の昼頃、助手と一緒にアパートの付近で目撃されているようですが」

「さっき事務所に電話したが、留守電だったよ。あの探偵は、俺たちより早く勘づいてたはずだ。もうなにかしら行動を起こしているかもな」

「くそ、どうして警察に連絡してこないんだ……」

「しないしない。あいつは警察大嫌いだもの」

萱野は苦笑しながら、煙草《たばこ》を咥《くわ》えて火をつけようとする。だが風と雪に邪魔をされてさっぱりライターが灯《とも》らない。東が風上に立ち、煙草の周囲に手で垣根を作ってやった。

「おお、すまんなァ」

「ガヤさん。探偵と警察の確執ってのは、なんなんです。和久井《わくい》さんも、そのへんは濁してるし……」

「俺だって詳しく聞いたわけじゃない。和久井さんはどうも摑《つか》み所《どころ》のない人だからな……ただ、以前探偵が言ってたのは——事件関係者の、夢を見るだとか」

「……夢？」

「そういう捜査協力をしてるとかな。もう何年も前にチラと聞いただけだが」

探偵は、他人の夢を見る能力がある。

いや、体質というべきか。別に好んで見ているわけではないらしい。むしろそれは探偵の心身にとっては大きな負担であると和久井は説明していた。

「まさか、容疑者の夢と同調して、証拠を摑むと？」

「いや、被害者の夢じゃないのか？　なにしろ被害者は、犯人と遭遇している。被害者の夢の中には、無意識のうちに見ていた犯人の様相が残っているだろうよ。それをあの探偵が探る——いささか非科学的だがね」

確かに非科学的だ。

それでも絶対にあり得ないとは、東にももう言えない。自分の見えているものだけを認め、触れるものだけを信じていたのでは、捜査は進まないのだ。

「もし、不本意に協力させられてたんなら、そりゃあ警察を嫌いになるわな」

「……ですね」

被害者の痛みは大きい。

大きすぎて、無意識のうちに忘れようとする人もいるくらいだ。実際、幼い子供が犯罪に遭遇した場合、その記憶を忘れてしまうケースは珍しくない。覚えていては生きていくのが辛《つら》すぎる記憶を、脳は奥深くに隠してしまう。表層的に忘れられた記憶は、夢に現れる場合もある。

その痛みを、探偵は見たのか。

夢であれ、感じたのか。

それはもう、疑似体験と言っていいのではないだろうか。

「ガヤさん、これからどうします」

「そりゃ決まってるさ。探偵を捜す」

そう。ほかに方法などないのだ。

三条が誰を殺すにしろ、それは市羅木真音《いちらぎまおん》へのメッセージだ。自分はここにいると主張している。こっちを見てくれと、まるで手を振るように、人を殺す。

次第に暗くなる堤に、白い雪が舞い続ける。積もるだろうかと、東は考える。

雪は死体を……隠すだろうか。

＊＊＊

深夜、雪はまだやんでいない。

市羅木真音《いちらぎまおん》はコートの襟を立て顔を俯《うつむ》けた。闇《やみ》を舞う雪が、目の中に入り込みそうだったのだ。

寒い。

足音を殺すように出てきたため、帽子もマフラーも手袋もつけていない。隆《たかし》に気づかれるわけにはいかなかった。真音が独りで行くことを、弟は許さなかっただろう。だが隆がついてきてしまえば交渉は決裂だ。槙《まき》は捕らわれたふたりを殺す。今生きているかどうかすら怪しい。

電話に出たのは高井戸圭《たかいどけい》だった。

正気を失った声で、時間と場所を言った。ひとりで来いと言った。言わせているのが槙だということは明白だ。そしてもし真音が槙だったら、利用価値がなくなった時点で圭を殺す。今回、圭は槙の手駒《てごま》だった。槙の顔を見すぎている。

顔を少し上げる。暗い。

都会には、濃い闇は少ない。

けれども、こんなふうに大きな河川の近くは別だ。水の上には明かりがない。堤や河川敷《かせんしき》を照らす照明もほとんどない。ねっとりと濃度の高い闇は少しずつ堆積《たいせき》し、真音の足下でとぐろを巻く。


人間は本能的に闇を恐れるらしい。

それはとても古い記憶、遺伝子に書き込まれた恐怖感なのだとなにかに書いてあった。本当だろうか。だが真音は昔から、それこそ子供の頃から、闇を怖いとは思わない。

闇よりも、夢のほうが、怖い。

それは眠るたびに上映される恐怖映画みたいなものだ。

しかも真音は、観客であり出演者でもある。夢の当事者だけが感じうるはずの負の記憶を、真音の脳は引き受けてしまう。

夢など、見たくない。何度もそう思った。ただ闇の淵《ふち》に沈むようにして、眠りたい。そして槇と眠る時、その希望は叶《かな》えられた。

槇は夢を見ない。

ふたりを引き取った養父は「そんなことはあり得ない」と疑い、槇の睡眠時脳波を取った。それを何度繰り返しても、槇には睡眠時に現れるはずの波形がなかった。

槇は本当に夢を見ないのだ。……槇の海馬《かいば》は、夢を編まないのだ。

それがどうしてなのか、真音に知る由《よし》もない。

闇の質感がかすかに変わる。

背中がざわりと粟立《あわだ》つ。自分でも不思議だった。どうしてこんなにもはっきり感じるのだろう。ありありと、わかるのだろう。

槇だ。

すぐ、近くにいる。

足音はほとんどしないが、近づいてくる。後ろからだ。

「――真音」

耳に訪れる、懐《なつ》かしい声はとても近い。

胸が痛い。

わけもわからず、ただ痛い。

「真音……返事をして。……声を、聞かせてくれ」

槇の声は変わっていない。低いけれど、僅《わず》かに甘く、聞き取りやすい。最後に会ったのは、何年前だったろう。五年……六年？　真音は数えるのをやめた。昔を振り返っても、なにも得るものはない。

気配が更に近づく。

耳の後ろに、槇の吐息がかかる。恐怖は感じない。怖いのはむしろ自分だ。この男が何人殺していようと、この男を怖いと思うことが、どうしてもできない。

「ふたりは、どこにいる?」

動かずに聞いた。凪が、すぐに声を遠くに持っていってしまう。

槇はそれ以上近づかなかった。

真音が少しでも身体《からだ》を後ろに反らせば、触れてしまう距離。おそらく髪はもう、槇の唇にちくちくと触れている。

「真音。名前を……俺の名前を、呼んでくれ?」

「……槇」

呼んだ瞬間、槇の身体がビクリと小さく震えたのがわかった。

「槇、ふたりはどこにいる」

「嬉《うれ》しい……ずっと声が、聞きたかった」

「槇」

「どうしよう。触りたいのに、怖くてできないんだ……」

「質問に答えてくれ、槇」

「触れたら、おまえは消えてしまうんじゃないかな……雪みたいに溶けてしまうんじゃないか――?」

埒《らち》があかない。

真音は二歩進んで、振り返った。

槙とまともに対峙《たいじ》するのには、正直いくらかの勇気が必要だった。自分を強い人間だと思ったことはない。ひどく弱くて、頼りなく、流されやすい人間だ。だから、笑子《えみこ》の言葉を思いだしながら振り返った。

——ちゃんと、帰ってきて。

あの子はそう言った。槙と会うなとは言わなかった。信じてくれていなければ、言えない科白《せりふ》だった。

闇の中、背の高い男が立っている。

黒いコートの裾《すそ》が風にはためき、手は後ろで組んでいるようだった。瞳《ひとみ》はじっと真音を見つめ、微動だにしない。

真音——と、槙の唇だけが動いた。

槙は変わっていなかった。昔と同じ目で真音を見る。真音だけを信じ、よすがにし、愛し、欲しがった。

真音がいなくては生きていけないと、生きる意味がないと、本気で言った。

「真音」

「ふたり、は——」

目眩《めまい》がする。

大丈夫だろうか。時間はちゃんと動いているのだろうか。

「ふたりは、どこだ、槇」

槇はひとつ瞬《まばた》きをした。どこか悲しそうだ。

仕方ない。槇は変わっていなくとも、真音は変わったのだ。槇にとって、それが絶望的なことだとしても、どうしようもないのだ。

真音は深く息を吸う。肺が凍りそうだが、そうする必要があった。

笑子の顔を思いだす。

隆のぶっきらぼうな声を、思いだす。

「槇。おまえを警察に突き出したりはしない。だから、あのふたりは返してくれ」

槇はなにも答えない。

「なにが、望みだ？」

「……知っているくせに」

「僕はもう、おまえとはいられないよ。わかってるだろう、槇」

「違う。そんなことは望んでいない――しらばくれないでくれ、真音」

「……槇」

「そんな、難しいことじゃないだろう？　真音。もう俺のことを、これっぽっちも愛していないのか？」

――愛していたよ。

声には出さなかったが、その答えを槇は知っているはずだった。

過去の愛ならばまだ持っている。憎しみに変わったわけではない。けれど槇の望みを叶《かな》えてやるわけにはいかない。

「……何人殺したら、そうしてくれるんだ？」

「何人殺してもしない。無駄だよ槇」

「おまえの娘を殺しても？」

「僕もすぐ死ぬ。僕を殺したいなら、それはいい手だ」

くそう、と槇が小さく言った。拗《す》ねた子供のような声になる。

「おまえはずるい、真音」

「槇」

「おまえの気が変わるまで……俺は何人殺せばいいんだろう。むなしいな」

「槇。無駄なことだから、やめろと言っている」

「やめないよ。それをやめたら、おまえは俺を忘れるんだろう？　こうして会うこともできないんだろう？　別に人を殺すのは苦じゃないんだ、それなら……」

「槇！」

思わず詰め寄る。

身体が軽くぶつかったが、槇は後ろ手のままで、少し蹌踉《よろ》けた。

首筋に、槙の顔が埋《うず》められる。何分も息を止めていた人のように、槙は真音の匂《にお》いを貪《むさぼ》り、髪を口に入れてキチキチと噛《か》んだ。

「真音……」

だが抱きしめられることはない。

なにか金属音が聞こえる。不審に思って視線を槙の背中に落とすと、自らの手首に手錠を掛けていた。

「真音を抱きしめて、思わずそのまま絞め殺してしまったら大変だから」

髪を口の中に入れたまま、槙が言う。それは愛の告白のように、少し恥ずかしそうな声音だった。

「俺は衝動的に人を殺したりはしない。そんな衝動は、持っていない。でも、おまえに対してだけは、自信がない……真音、真音——」

愛してる。

掠れた声がそう言った。

だめだ。

膝《ひざ》から、力が抜けていく。来る。発作だ。こんな時に——。

「真音……？　発作か……？」

甘く優しい殺人者の声が聞こえる。

ここで眠ってしまったら、どうなるのだろう。

そう考えられたのも刹那《せつな》のことで、発作はあっというまに真音を眠りの世界に連れていってしまう。小山たちのことが気懸かりだったが、もはや抗《あらが》いようもない。

ビリリ、とコートのポケットで携帯が震えた。

真音の意識が捉《とら》えたのは、その振動が最後だった。

——半月後。


「だから、なんで俺まで一緒に行かなくちゃならないんだ」

不破《ふわ》は声を張り上げて言った。

「何事も社会勉強ですよ、タカちゃん」

探偵はまるで教師のような説教口調だ。

「そんな社会勉強はしたくない」

「探偵助手として、見聞を広げるのも大切なことです」

「必要ないだろ、そんな見聞はっ」

「なに言ってんの、ホント学習能力がないなあ……また小山《おやま》さんみたいに、女装趣味の人の依頼が舞い込む可能性だってあるじゃない」

「そんなもの、滅多にあるもんじゃ」

「ちょっと。なに騒いでんの、ふたりで」

事務所に入ってきた笑子《えみこ》のひと言で、不破と探偵の会話は中断される。

学校から直接来たのだろう、制服の上にピーコート、首には不破の買ったマフラーを巻いている。小柄で可愛《かわい》らしい中学生は、ドン、と机に鞄《かばん》を置くと、

「あーめんどくさい。ほら、タカちゃん領収書の仕分け終わったの？」

不機嫌も露《あらわ》な声でそう言った。

梅の花もちらほら見かける、二月の中旬。

そろそろ全国の事業主たちは気ぜわしい時期である。確定申告の提出が近いのだ。

「ええと、終わってる。入力も半分くらいは」

「さっさとやっちゃってよね。真音、去年みたいに全部すんでから領収書出したりしないでよ？」

「ウン。しないしない」

「で、なに揉《も》めてたの？」

コートを脱ぎながら問われて、不破は言葉に詰まった。中学生の姪《めい》っ子《こ》に言うのは、いささか憚《はばか》られる話だったからだ。

「タカちゃんが、女装クラブに行くのいやだって言うんだよ」

「おいっ」

だが不破の配慮など、探偵にはまったく無意味だったらしい。

「女装クラブ？」

「そう。小山さんの快気祝いを兼ねて、連れていってあげようと思ってたのに……どうもタカちゃんはつきあいが悪い」

「あのなあ、俺だってフツーに飲みに行くとかなら」

「行ってくればいいじゃん」

ドサ、と書類を出しながら笑子に言われ、不破は「は？」と聞き返す。

「別に女装しないで、カウンターで飲んでりゃいいんだから。それくらい、つきあってあげればいいんじゃないの？　まあ、トランスヴェスタイトに偏見あるんだったら無理することないけど」

「トラ……なんだって？」

「トランスヴェスタイト。異装趣味の人」

中学生から難しい言葉を教わってしまった。

特に、偏見があるわけではない。……と、思う。他人に迷惑がかからなければ、女装しようが男装しようが、着ぐるみを着ようがその人の自由だ。ただ、好んで女装を見たいかと言われれば答えはノーである。

しかしながら、今回は小山の、記念すべき日でもある。

荒川《あらかわ》近くの廃屋で発見された時、小山は女装をさせられていた。殴《なぐ》る蹴《け》るの暴行を受けたうえ、寒さのために衰弱していたものの、命に別状はなかった。ただし、あのまま何日も発見されていなかったら死んでいた可能性も否《いな》めない。

高井戸《たかいど》圭《けい》は同じ場所で、死体になっていた。

死因は急性の薬物中毒だ。かなりの量の合成麻薬を摂取していたと、後日ガヤさんが教えてくれた。薬を使うのは、三条《さんじょう》の常套《じょうとう》手段らしい。

――女の格好で死ぬのかなと思った時、なんだか笑っちゃったんですよね。

入院していた小山を見舞った時、意外なほどしっかりしていたことに不破は驚いた。気弱な小山のことだから、憔悴《しょうすい》しきっているのではないかと心配していたのだ。

だが、殴られた跡も痛々しい顔で、小山は笑ったのだった。

――なにがおかしいのか、自分でもよくわからなかったんだけど……ああ、こういう結末なのか。この格好で死体として見つかるのか、お袋はさぞ驚くだろうな、それくらいなら、生きているうちからさっさと言ったほうが、まだましだったなって……。

探偵はあっさりと「そう、まだましですよね」とこちらも笑っていた。

小山の心境にどういう変化があったのか、不破にはよくわからない。ただ、どこか清々《せいせい》した小山を見てなんだか一皮剝《む》けたみたいだなと感じた。

あの夜……小山が発見された日の未明。不破はなぜかふいに目覚めた。

静かな部屋の中に、探偵の息づかいがなかった。ベッドを確認してみるともぬけの殻だ。ちくしょう、勝手なことしやがって……心中で毒づきながら起きあがり、探偵の携帯に電話をした。

知らない男が出た。

知らない声なのに、誰なのかすぐにわかった。わかりたくもないが、わかった。そしてわかった瞬間、全身から血が引くような気がした。

——真音《まおん》が発作を起こした……迎えに来てやってくれ。

男はそう言って、場所を教えた。

探偵を拉致《らち》する気はまったくなさそうで、それが不破は不思議でならない。奴は、三条槙《まき》は探偵が欲しくてたまらないはずだ。どう考えても、チャンスだった。

不破が駆けつけた場所に、探偵は倒れていた。

見たことのないマフラーが、細い首に柔らかく巻かれていた。

探偵が倒れていた場所からさして離れていない廃屋で、小山と高井戸圭が発見されたのは翌朝七時。一連の事件は高井戸圭の犯行とされた。

もちろん萱野《かやの》や東《あずま》はことの真相を知っている。けれど証拠はない。仮に証拠があったところで、警察の手が三条に届くのか——探偵や笑子が言うように、あてにはならないのだろう。

殺人者の声は、氷のように冷たいと思っていた。

なのに三条の声は想像よりずっと柔らかく、甘さを含んでいた。あんたはいいな、と奴は呟《つぶや》いていた。

——あんたはいいな。半分血が繋《つな》がっているというだけで、真音に愛されて。

嫌みでもなければ、皮肉でもない。

本当に、うらやましいと思っている声だった。

「ねえ、タカちゃん、行こうってば」

「引っ張るな。袖《そで》が伸びるだろうが」

セーターをぐいぐい引っ張られながら、不破は甘ったれの兄を見る。

「……言っとくけど、俺は女装しないぞ」

「だから、それでいいって」

「現地に行ってから、無理強いしたりするなよ……？」

「しつっこい。なんでそんなにびびるかな」

「別に、びびってなんか」

あのさあ、と笑子が大きな声を出した。

探偵と不破はすぐに口を閉ざして姿勢を正し、この探偵事務所でいちばん権威を持つ中学生に「はい」と返事をした。

「うるさいんだよね。あたしの仕事の邪魔するなら、さっさと女装クラブでもSMクラブでも行ってきなよ」

SMクラブもどちらかというと遠慮したい不破である。女王様にいじめられたいとは思わない。探偵にこき使われるだけで疲労困憊《こんぱい》だ。

「ほら、叱《しか》られちゃったじゃないか。行こうタカちゃん」

「待てよ……いま支度するから。こら、引っ張るなってば！」

外は寒そうだ。

厚手のブルゾンを羽織り、不破は二種類の煙草《たばこ》をポケットにしまった。

探偵は不破が買ったオレンジ色のマフラーを巻きつけて、すでに準備完了している。あの夜三条が巻いてくれたカシミアのマフラーは、すぐに処分された。探偵は躊躇《ためら》う様子もなく、それをゴミ箱に突っ込んだ。

――あんたは、いいな。

三条の声が甦《よみがえ》る。

今回の事件で、奴が殺したのはふたり。

残忍で冷酷な殺人者は、どうして探偵を連れ去らなかったのだろう。三条は探偵の、なにが欲しいというのだろう。

心？　愛情？

そんな形のないものの存在を、どう確かめるつもりなのだろうか。

「笑ちゃん、じゃあ行ってくる」

パソコンに向かっている娘に後ろから抱きつき、「早く行きなって」と邪険にされる。

それでも探偵は嬉《うれ》しそうだ。

不破は事務所の扉を開ける。探偵はすぐ後ろについてくる。

振り向くと「なに？」という顔で、不破を見上げる。

――でもね、不破さん。

三条の声が、鼓膜に貼《は》りついてしまっている。

「どうしたの、タカちゃん、ほら、行こう」

「ああ。言っとくけど、女装は」

「しつこい！」

軽く膝蹴《ひざげ》りを食《く》らう。探偵は楽しそうだ。外に出ると、寒いな、とマフラーに鼻まで埋《うず》めて肩を竦《すく》める。そして体温を分けろとでも言いたげに、ドシンと不破にぶつかってきた。そしてくっついたまま歩こうとする。

「おい。普通に歩けないのか」

「だって、寒いんだ」

ふいに、視線を感じ、不破は立ち止まる。

「タカちゃん？」

気のせいだろう。

周囲の歩行者たちは、誰も不破たちを注視していなかった。

「……なんでもない。行こう」

神経質になっているのは、あの男の声が忘れられないからだった。
電話を切る直前、三条は言った。
甘く、少しだけ寂しげに、だがはっきりと言ったのだ。

でもね、不破さん。
最後に真音が選ぶのは、俺だよ——

花婿《はなむこ》と詐欺師と四万二百円

――過去編　2――

1

前の晩に観《み》たレンタルビデオがあまりにもつまらなくて、ならば途中でやめればいいのにそれも悔しくて、最後まで観て寝たのは午前三時だった。

実は一昨日《おととい》の夜に借りたビデオもやはり退屈きわまりなく、それでもエンドロールまで我慢して寝たのが二時半。つまりリベンジのつもりだったが失敗した。

一応、お薦めマークを目安にはしたものの、俺には単館ロードショー系のややマニアックな映画は向いていないらしい。いつのまにかハリウッドのド派手な展開に慣らされてしまっているのだ。カーチェイス、爆発、ビッグネームの共演などなど、仕掛けと予算に感心している うちに終わる映画。余韻よりも、壮快感《そうかいかん》を追求する映画。自分の人生を、束《つか》の間《ま》忘れるための、破天荒な映画。

そんなのが、いい。

「不破《ふわ》ちゃんよーゥ」

誰かが俺を呼んでいるが、睡魔はなかなか身体《からだ》の上からどいてくれない。

朝は六時に起きるので三時間ほどしか眠っていない。三月に入り、日中は暖かな日も増えてきた。積まれたセメント袋の上で寝返りをうつと、胸が圧迫されてげっぷが出る。

さっき五分で食べた安弁当の空揚げ臭が口に戻って、実にいやな気分になる。

「不破ちゃん。お休みのところ悪いが、お客さんらしいで」

どこか脱力したこの声は、三田《みた》さんだ。

五十を過ぎているというのに俺より立派な上腕二頭筋を持った三田さんは、関西の出身であろうということ以外、謎《なぞ》に包まれた過去の持ち主である。噂《うわさ》によると、大学教授だった、医者だった、ヤクザだった、舞台役者だった、などとにかくただ者ではないのだとみんなが口を揃《そろ》える。

もっとも、自分の過去について語りたがらない人間などいくらでもいる。

俺だって、そうである。三田さんの謎についても、周りが風呂敷《ふろしき》を大きく広げているだけなのだろう。普段接しているぶんには普通のオッサンなのだ。

ただし、確かに博識ではある。

誰も知らないようなことをよく知っている。誰もが知っていることもまた、よく知っている。この現場でも生き字引みたいに重宝されており、しかも温厚で親切、俺のような流れ者にもよくしてくれている。

「……客？」

「おう。けったいな客や」

「誰です」

薄く目を開ければ春らしい柔らかな色の空と、組みかけの足場が見えた。現場は今日から鳶職人《とびしよくにん》が入っている。

「花婿《はなむこ》さん」

「はあ？」

俺はなんとか眠気を振り払い、身体を起こした。

セメント袋の小山から下りて、転がっていた自分の安全メットを拾う。なんだか身体が粉っぽくて少し咳《せ》き込《こ》んだ。小柄な三田さんが俺を見上げ、

「そんなとこで寝とると、セメントの粉でじん肺《ぱい》になるで」

と注意してくれた。俺は素直にハイと頷《うなず》き、続けて尋ねる。

「花婿さんて、なんです」

「そら、新郎新婦の、新郎のほうやろ」

「いや、それは知ってますけど。なんで花婿がビルの建築現場に来るんですか」

「せやからお客さんや。あんたに会いたいちゅうてたで。搬入口で待っとる。昼休み、あと十五分しかないよって、早く行ったらんと」

花婿の、客？

心当たりがまったくなかった。

「名前、言ってました？」

「イチラギ言うとった。知り合いと違うんか」

俺は首を横に振った。そんな名前は知らないし、そもそもこの八王子《はちおうじ》という土地に知り合いなどいない。自然と眉間《みけん》に皺《しわ》が寄ってしまう……取り立て屋だったらまずい。

妻が、一千万近い借金を作って消えたのは半年前のことだ。

なにもかもが突然だった。一週間の出張を終えて社宅に戻ると、ご近所の視線がやたらと冷たくなっていた。部屋のドアは金融屋の暴力的なビラだらけで、食卓の上には離婚届がおいてあった。

印鑑も押されてあった。

そこからは悪夢のような日々だった。

――女房の借金は、旦那《だんな》であるあんたの借金なんだよ。

――シャネルにヴィトンにエルメス。あんたの奥さんは全身ブランドもので固めてたぜ。監督不行き届きってやつだろ。

――高利だって？　ふざけんじゃねえぞ、この業界でトイチなんざ珍しくもねぇんだよ！　だいたいな、てめえの女房はそれでもいいですって泣きついてきたんだ。あっちにもこっちにも借りて、借金のために借金してたんだ。こっちにだってリスクはあんだからな、高利で貸して当然だろうが！

――借りたモンを返さないのはな、泥棒なんだよ！

妻が高級ブランドのバッグや時計を買っているのは知っていた。けれど俺はそれらの具体的な値段は知らなかったし、妻も自分の仕事を持っていたので、過ぎた贅沢《ぜいたく》だとは思っていなかったのだ。

貯金を崩して、借金を返済しようとした。かき集めれば五百万程度はあると思っていた定期預金や簡易保険の類《たぐい》は、すべて解約されていたあとだった。俺は真っ青になって妻を捜した。

だが実家すら、もぬけの殻だった。

お隣の住人によると、こっちにも取り立て屋が押しかけていたらしい。夫を亡《な》くしている妻の母はすっかり怯《おび》え、夜逃げ同然でいなくなったそうだ。

妻を捜している間にも、借金は鼠算式《ねずみざんしき》に増えていく。借金の返済が滞《とどこお》ると、人はその人格まで否定される。取り立て屋は早朝でも夜中でも電話をかけてよこし、俺の会社のまわりをわざとうろつき、毎日新しいビラをドアに貼《は》りつけた。こういう取り立ては違法だ、警察に相談したほうがいい——そう教えてくれる人もいたが、できなかった。確かに妻は金を借りたのだ。ならば俺には支払う義務がある。そう思い込んでいた。

たった一か月で、俺は七キロ体重が落ちた。

「そうおっかない顔せんでも、タキシード着た借金取りはいてへんやろ」

「だといいんですがね」

退職金と社内財形で、四百万弱は揃えたが、焼け石に水だった。馬鹿《ばか》なことをしたものだ。職を失ったら、安定した収入も失う。いよいよ返済のしようがない。だがそんな簡単な判断すら誤ってしまうほど、俺は精神的に参っていた。

結局、逃げた。

ほとんどノイローゼ寸前で、逃げたのだ。

時々俺に晩飯や酒をふるまってくれる三田さんには、借金があることだけは話してあるが、妻のことは言っていない。

「花束も持っとる」

「はあ。花束ですか」

結婚式帰りの借金取りだったりしたら、どうしようか。

ふとそんな馬鹿なことを考える。やはり寝不足だ。三田さんと並んで歩きながら、トラックの間を抜けて搬入口に向かった。なにやらざわついていると思えば、現場連中の半分……十五人ほどの後ろ姿が見える。

「俳優じゃねーの」

「でもテレビとかで見たことないぜ」

「舞台役者ってこともあるべ」

「不破の知り合いらしいぞ」

「あの新入りの？」

「はーあ、俺もあんな顔に生まれてたら、人生は違ってただろーなぁ」

埃《ほこり》と泥にまみれた男どもがまるで小雀《こすずめ》のように身を寄せ合い、トラックの陰でチュンチュンと囁《ささや》き合《あ》っている。俺を訪ねてきた男を観察しているようだが、美女が来たわけでもあるまいしそこまで集まることもないだろうに。

花婿、ねえ。

溜《た》め息《いき》をつきつつ、連中の横を黙って通過した。視線は感じたがあえて無視する。

搬入口を越えると、四車線の国道沿いの歩道になる。ちょうど、母親と五歳くらいの男の子が手を繋《つな》いで歩いているところだった。

「ママ、ここ、おうちたててんのー？」

子供の問いに若い母親が微笑《ほほえ》んだ。

「そうよ。ノッポなおうちが建つのよー」

マンションをノッポなおうちと表現した優しい母親が、ふと歩道の端に視線を向けた。

俺もつられて同じ方向を見る。歩道と車道を隔てているのは、ガードレールと楡《にれ》の街路樹だ。その樹に寄り掛かり、芽吹いた枝の間から空を見上げている男がいた。

「ママ？」

足の止まってしまった母親に、子供が問いかけている。

母親は返事もせずに、まだ彼を見つめていた。そして俺も、母親と同じような有り様だった。馬鹿みたいにポカンと口を開け——白い正装の男から目が離せなくなっている。

花婿。

紛れもなく、花婿だ。しかもとびきりの美男。

光沢のある薄いグレーのタキシードスーツとベスト。立て襟のシャツに縞《しま》のアスコットタイ。

両腕に抱えているのは……大きなカサブランカの花束である。

本来ブーケを持つのは花嫁のはずなのに、この花婿の美貌《びぼう》にはカサブランカが見事に似合っていた。似合いすぎて、住宅地の町中では浮きまくること甚《はなは》だしい。交差点の手前なので、車を減速しながら目を剝《む》いている人もいる。

花婿が、俺を見た。

矢のように真《ま》っ直《す》ぐなその視線に、思わず俺は後ずさる。直後、彼が叫んだ。

「タカちゃんッ！」

咲き誇る百合《ゆり》に負けぬ満面の笑みを浮かべ、花束を振り回しながら駆け寄ってくる。その勢いに子供がびっくりして母親の脚にしがみついた。母親も目を丸くして走りだした花婿を視線で追いかける。

「あ、あの——うわっ」

「タカちゃん、タカちゃん、隆《たかし》ッ！」

あまりに唐突な出来事に、俺の脳味噌《のうみそ》は対処方法を導き出せない。脳から指令が下りないため、身体のほうも固まったままだ。

ばさりと音がして、顔が花の中に埋もれる。

噎《む》せ返《かえ》るようなカサブランカの香りに、思わず息を止めた。……く、苦しい。苦しいのは息を止めたからなのか、それともあまりにも強く抱きしめられているからなのか。

……っていうか、こいつは、誰なんだよ。

「会いたかった、やっと会えた！」

「げふっ、か、花粉が」

「まったく、やっとの思いで社宅まで辿《たど》り着《つ》いたら今度は失踪《しっそう》してるしっ」

「ちょ、ちょっと」

「僕がどれだけ捜したことか！」

「ちょ、ま、放せ――って！」

運命に引き裂かれた恋人同士みたいな抱擁から、俺はなんとか逃げだした。花婿はほっそりした優男《やさおとこ》だ。力だったらこっちのほうが勝っている。

二の腕をぐいと摑《つか》んだまま引き離すと、不服そうな顔で俺を見る。

「タカちゃん？」

「あ、あんた誰なんだ！」

「誰って。市羅木真音《いちらぎまおん》」

「俺はあんたと会ったこともないぞ！」

「そりゃそうだよ、初対面なんだから」

事もなげに答えられ、拍子抜けした俺はゆっくりと両腕を下ろした。

「痛いなぁ、もう」

市羅木と名乗った花婿男は摑まれていた二の腕を軽くさすっている。

「……説明してくれ。わけが、わからない」

まだ立ちつくしていた親子連れをチラリと見ながら言った。さすがに母親はハッとした表情になり、子供の手を引いて歩き去った。そうだ、見せ物じゃないんだぞ。一方でトラックの陰からこっちを覗《のぞ》いている連中はますます増えているようだ。何色ものニッカの脚がずらずらと見える。

「説明もなにも。兄弟に会いに来ただけだよ」

うふふ、と嬉《うれ》しげに笑いながら花婿が言う。

「はあ？　なに言ってんだあんた。俺には兄弟なんかいない」

「いる。半分だけ、だけどね。畑が同じでタネが違う――お父さんから聞いたことなかったかな」

そんな話、聞いているわけがない。

……あれ。……ちょっと待てよ。なんか、言ってたような……。

俺は細い記憶の糸を手繰《たぐ》る。兄弟……兄弟……。

――おまえの母さんは、何年か前に別の土地で男の子を産んでる。

親父《おやじ》の、ぼそぼそした低い声……。

――つまり、おまえには兄弟がいるんだ。

そうだ。言っていた、たった一度だけ。

聞いたのはまだ俺が十《とお》かそこらの頃だ。それきりその話は出なかったし、俺も自分の兄弟に会うことは一生ないだろうと思って、すっかり記憶の奥にしまいこんでいた。

もう死んだ親父はとても無口だったが、嘘《うそ》をついたりはしない男だった。

「思いだした?」

「ああ。けど、あんたじゃない」

俺の母親には放浪癖があったらしい。一か所に腰を据えられない、風来坊な男というのがたまにいるが、あれの女バージョンだ。俺を生み、二年ほど育てて、フイといなくなったらしい。俺の前に生まれた子供も、同じような目に遭ったのだろう。

それにしたって、絶対にこの男ではない。

「兄弟はいるかもしれないが、いたとしても兄だ。俺に弟はいない」

花婿がひょいと眉を上げ、悪戯小僧《いたずらこぞう》のような顔で笑う。その肌つやを見るにつけ、どう考えても二十代半ば以前である。俺は今年で二十九だから、兄貴は少なくとも三十を過ぎていなければ計算が合わないのだ。

「だからさ、タカちゃん」

花婿は一度言葉を句切り、花束を抱え直して、その香りを吸う。

そしてうっとりと吐息を漏らしたあと、小首を傾《かし》げて俺に差し出した……まるで恋人に捧《ささ》げるように。

「だから、僕がそうなんだよ。きみのお兄ちゃんなの。で、きみは、この世でたったひとりの、僕の……」

反射的に花束を受け取ってしまった俺の胸に、再び男が飛び込んで——いや、倒れ込んできた。

「お、おい？」

まるで突然の貧血のような倒れ方に驚き、慌てて右腕で支える。相手が脱力しかけているので、こっちが抱き留めるしかなかったのだ。

トラックの後ろから「おぉぉ」というどよめきが聞こえる。

「ちょっとあんた、どうしたんだよ？」

花婿男は俺の汚れた作業着の胸に頬《ほお》をつけて、半ば目を閉じながら、

「僕の、おと、うと……」

そう言った次の瞬間、完全に脱力した。

ぐっとその身体が重たくなる。崩れ落ちそうな男を支えるため、俺は花束を放《ほう》り出《だ》して抱き抱え直すしかなかった。なにをどう誤解しているのやら、トラックの後ろから歓声とふざけた拍手が聞こえてくる。

現場では新米ゆえ、普段はおとなしい俺ではあるがさすがにこのときはプチンと切れた。誰だよ、ウェディング・マーチを歌ってる馬鹿は。

「病人だ！　早く手を貸してくれッ」

怒鳴り声の一瞬のち、埃と汗にまみれた男達はどやどやと駆けつけてくれたのだった。


「……事実は小説よりも奇なり、か」

俺がそう言った時、三田さんが、

「バイロンやな」

と呟《つぶや》いた。そうか、バイロンが言ったのか。ふうん。

バイロンさん、あんたは正しかったよ。

あのあと、失神してしまった謎の花婿男はプレハブの簡易事務所に運び込まれた。

すわ、救急車かという雰囲気にはなったものの、三田さんが「落ち着けや」と場を取りなし、脈や呼吸を調べてくれた。現場仕事に慣れない学生バイトが倒れたりするのはたまにあるので、三田さんはある程度のアクシデントに慣れているらしい。

「これは、寝とるなァ」

三田さんがそう結論づけた時には、俺はどういう顔をしたらいいのかわからなくなった。知り合いかと聞かれ、そうだとも違うとも答えられず、かといって放り出すわけにもいかない。

花婿はいくら揺さぶっても、頬を叩《たた》いても眠りから浮上しなかった。少し遅れて現れた現場監督は呆《あき》れ顔《がお》を見せ、

「不破。午後休んでいいから、連れて帰れ」

面倒見きれんとばかりに、俺に押しつけたのだ。

正直、俺だって困ると思ったのだが、確かに事務所に寝かせておくわけにはいかない。三田さんにつき添ってもらい、軽トラを借りてアパートに花婿を搬入したわけである。

「なんかの間違いってことはないですかね」

「免許証ンことか？　さあなあ、公安委員会はあんまり間違えんと思うけどなあ」

白いものが混じった無精髭《ぶしょうひげ》を撫《な》でながら、三田さんが答える。免許証は男の財布に入っていた。市羅木真音という名前に間違いはなく、住所は新宿区《しんじゅく》となっていた。

驚いたのは生年月日である。計算してみると今年の夏には三十五歳だ。それなら、俺の兄だという可能性も出てくるが……下手したら学生でも通りそうなこの花婿が、三十五？ 俺は信じられなくて何度も引き算をしてしまった。

「不破ちゃんの、兄貴とちゃうんか？」

「わかんないですよ。初めて会ったんだし。でも、ちょっと……」

「なんや？」

俺は立ち上がってせんべい布団《ぶとん》に寝ている花婿男を跨《また》ぎ、押し入れを開けた。このアパートは六畳一間だから、部屋の端から端だってほんの数歩だ。押し入れの上の段に押し込んだ荷物から、親父が使っていた古い行李《こうり》を探して開けた。

更にこれまた古く黄ばんだ封筒から、一枚の写真を抜き出す。

「軽トラん中で、思いだしたんです、この写真」

「ほ。こりゃまた別嬪《べっぴん》や」

写真を受け取った三田さんは、しばらく眺めたあと「なるほど似とるわ」と言った。

そうなのだ。俺が唯一持っている、母親らしき女の写真とこの男はとてもよく似ている。彼の骨格を女性にして、髪を伸ばし、ウェーブをかけ、薄く化粧をすれば……もしかしたら、彼のほうが美女かもしれないが、とにかく似ている。他人の空似として片づけられないほど似ているのだ。

「まあ、起きなすったら本人によう聞いてみるんやな」

「あれだけ揺すぶっても起きないってのは、なんかおかしくないですか?」

「ンー、なんやこういう病気はあるらしいけどな」

「病気?」

「ナルコレプシー言うたかな」

ハイライトをぎりぎりまで吸いながら三田さんが教えてくれた。なんでそんなことを知っているのか気になるところではあるが、まずは先に聞くべきことがある。

「どういう病気なんです、それ」

「突然、猛烈な睡魔に襲われて、なにをしている時でもコトーンと眠ってしまうわけや、さっきの花婿さんみたいにな。あと、なんちゅうたかな、んんん、そうや、情動脱力発作、というのが起きるらしいわ」

「その情動なんとかってのは?」

「笑いだしたかと思うと、突然ダラーンと脱力しちまうとか、そういうもんらしいがな。つまり強い感情のあとに虚脱の発作がくる、ということなんやろか……まあ、わしは医者と違うからよくは知らん。本人に聞くのがいちばんええやろ」

けれど美貌の男は、かれこれ二時間近く眠り続けているのだ。どうしたものかと溜《た》め息《いき》をついた時、聞き慣れない電子音が狭い部屋に響く。

脱がせて、針金のハンガーに掛けておいた花婿男の上着からだ。携帯電話が入っているらしい。

三田さんと視線を合わせ、しばらくそのままでいた。だが電話は鳴りやまない。

俺はゆっくりと立ち上がり、花婿衣装の内ポケットに入っていた携帯電話の通信ボタンを押した。

「……もしもし?」

『失礼ですが、そちらはどなたでしょうか。この携帯の持ち主は近くにおりますか?』

澱《よど》むことのない口調は、そのセリフを始終言っているかのように聞こえた。先方は若い女性だと思われる。

「私は不破という者です。携帯の持ち主は……寝てます」

『正常な呼吸をしているでしょうか』

「はあ。普通に」

ここで初めてわずかな間が生まれた。どうやら電話の向こうの女性は安堵《あんど》したらしい。

花婿男の妻だろうか。

『不破隆さん、ですね』

「え。あ、はい」

下の名前は名乗ったつもりがないのに、彼女は当然のように知っていた。

あった「あの、この人どうすれば」

『ほっといてもしばらくすれば目を覚まします。目が覚めたら、早く帰ってこいと電話があったと伝えてください。モデル事務所が衣装を返せとうるさいんです』

「この人、モデルなんですか？」

『いいえ。モデルは単発のバイトです』

「じゃ、いったい」

何者なのだ。本当に、自分の兄なのか。

物心ついた時には母がおらず、俺はずっと父親と過ごしていた。一か所に留《とど》まることのできない父は、ダム現場を渡り歩く電気職人だった。学校も何度変わったかしれない。定着する生活に憧《あこが》れ、父が亡くなり、自分が大人になって結婚し――だがその家庭も砂の城のように脆《もろ》かった。

縁がない。

家族ってものに、俺は縁がない。ずっとそう思ってきたのだ。

「この人は、本当に俺の兄貴なんですか」

聞くべき相手かどうかすらわからないのに、俺は問いかけずにはいられなかった。

兄であってほしいのか、今更そんなものはいらないのか、自分でもそのへんの整理はついていないというのに、答えを求めていた。

『そうですよ。ご存じかと思いますが、血の繋《つな》がりは半分ですけれどね。あなたがたの母親は同じ人物です』

彼女の声はやや幼い気もしたが非常に冷静で、知的でもあった。

「俺たちの母親は、どんな人だったんでしょうか」

『さあ？　おばあちゃんには、会ったことがないので』

おばあちゃん？

なぜここでそんな呼称が出てくるのだろうと戸惑っているうちに、

『ではご迷惑をおかけしますが、よろしくお願いします』

と通話が切れてしまう。俺は携帯を持ったまま今の会話を整理しようとしたのだが、ちっともうまくいかない。

兄。母親。モデルのバイト。おばあちゃん……。で、この男は、市羅木真音はなにをしに突然現れたのだろうか？

「不破ちゃんよ、わしもそろそろ行くわ」

三田さんが中腰になって暇《いとま》を告げる。

「あっ、すみませんでした。今度一杯奢《おご》らせてもらいますから」

「そんなことはええけどな、この花婿さんの正体、わかったら教えてくれや。わし、こういうけったいな事件、大好きやねん」

人ごとならではの好奇心を寄せられ、俺は苦笑しながら三田さんを送り出した。

夜になっても花婿は目覚めなかった。

俺は週に二回、深夜のアルバイトに出ている。時給はたいして高くないコンビニなのだが、期限切れの食品などを回してもらえるところがありがたい。もちろんオーナーにばれたらまずいのだが、深夜のバイト連中は気にしない。五分すぎたら捨てられるおにぎりや弁当は、適宜《てきぎ》バックルームに持ち込まれるのだ。

このあいだ入った新入りのバイトは……新入りといっても四十過ぎの男だ。オーナーの話だと、大企業に勤めていたがリストラされてしまったらしい。妻は実家に帰ってしまい、今はひとり暮らしだという。

ある深夜、彼は休憩時間、期限切れの弁当を食べながら泣いていた。

期限切れの弁当をかきこみながら、丸めた背中を震わせていた。俺は声がかけられなかった。

同じシフトで勤務していた大学生は「なんで泣くんスかねぇ？　期限切れの弁当って泣くほど惨《みじ》めなもんですか？　そんなの気にすることないのに」と軽い調子で言っていたが、俺には彼の気持ちが少しわかった。

かつてはスーツに身を包み、部下を持ち、大きなプロジェクトも抱えていたのだろう。社員食堂のカレーやラーメンだって、決してうまくはなかっただろうが、それでもそれは賞味期限切れではなかった。

賞味期限。

美味《おい》しさの保証された期間……保証されているはずだった、会社員人生。期限が切れて、まだ食べられるのに捨てられる食物……。

保証されている人生などないのだ。いつ、大きな陥没に足をすくわれるかわかったもんじゃない。

俺がまさしくそうだったように。

うーん、と布団から唸《うな》り声《ごえ》が聞こえる。

出かけようとしていた俺は、布団を覗き込んだ。花婿は喉《のど》のあたりに手をやって、やや苦しげな顔をしている。アスコットタイは外していたが、糊《のり》の利《き》いたカラーも眠るには不快なのだろう。

ボタンをふたつ外してやると、ふうっ、と呼吸が穏やかになる。

寝ぼけているのか、男はごそごそと布団から腕を出して俺の首に回す。目は閉じられたままで、夢の中で誰かを引き寄せているのかもしれない。

「お、おい」

「んん」

寝ぼけているわりには強い力だった。

覆《おお》い被《かぶ》さる形になった俺の髪に指を埋《うず》め、滑らかな額をざらつく顎《あご》にこすりつける。それは幼い子供が親に甘えているような仕草で、乱暴に振り払うのが躊躇《ためら》われた。

捜した、と言っていた。

たったひとりの弟を。

あるいはこの男もまた、寂しい身の上なのだろうか。

「タカちゃん……」

「お、おい、起きてんのか？　放せって」

「タカちゃんが近くにいると、すごく気持ちいい……」

「気持ちいいって、あの」

でかい猫みたいな男をもてあましていると、コンコンとノックの音が聞こえきた。

「不破さん？」

女らしい丸みのある声に、俺は焦《あせ》った。遠慮がちにノブが回り、鍵《かぎ》がかかっていないとわかるとゆっくりと開かれていく。

「あの、不破さん、これよかったら夜食に……きゃっ」

「あっ！　ち、違う！」

違うって、なにがどう違うんだよと自分にツッコミを入れながら、俺は慌てて花婿男から逃れ、ザザッと畳をいざる。

「ま、待ってください、これ、病人で、その、男だし！」

ごめんなさい、と帰りかけていたのは隣人の弥生《やよい》さんである。恐る恐るの風情《ふぜい》で部屋の中に視線を戻した。

「男の、方？」

「そうなんですよ。ちょっと知り合いなんですが、えーと、貧血起こしたみたいなんで、しばらく寝かせてるだけなんです。ハイ」

兄です、とは言えなかった。真偽はともかく、俺のほうが圧倒的に老《ふ》け顔《がお》である。

「まあ。それは、ご心配ですね」

誤解を解いてくれた弥生さんが、口元に手をあてて小首を傾《かし》げる。

このご時世でこういった仕草がしっとりと自然にできる女性を、俺はほかに知らない。歳《とし》の頃は二十四、五。染めていない髪はつややかな漆黒《しっこく》で、肩より少し長いストレートだ。若葉色のブラウスと、膝《ひざ》を隠す丈のスカートといった格好は、地味でやや野暮ったいが、同時に可憐《かれん》さをも醸《かも》し出《だ》していた。

「あの……サンドイッチを作ったんです」

弥生さんの声は儚《はかな》げなほどに小さくて、慣れないと聞き取りにくい。

なんて言ったんだろうと思ってつい近寄ってしまえば、どこか懐《なつ》かしい固形石鹸《せっけん》の香りがほんのりと香る。

「いただいちゃって、いいんですか」

「お嫌いでなければいいんですけれど」

彼女の手料理が嫌いなはずがない。

この天使のような女性と知り合ったきっかけは、一匹のネズミだった。

彼女の部屋の壁を囓《かじ》っていたネズミを、俺と、たまたま遊びに来ていた三田さんとで退治してあげたのだ。彼女はいたく感謝してくれ、翌日はあのむさ苦しい現場にランチを届けてくれた。それ以来、会話を交わすことも多くなったし、時には俺の部屋で食事をしたりもする。ただし、ふたりだけでは彼女も不安だろうから、そういう場合は三田さんも呼ぶことにしていた。

「ありがとうございます。休憩時間にいただきますね」

情報通の大家によれば、弥生さんはもともとかなりいい家のお嬢さんだったらしい。残念なことに親が事業に失敗し、取り立て屋が彼女にまで害を与えようとしたので、ひっそりと身を隠しているのだという。

……気の毒である。つい、自分と重ねてしまう。

「あのう。ご病気の方を置いていってしまって、大丈夫なんですか？」

俺の肩越しにチラリと布団を見て弥生さんが優しいことを言う。

柔らかいカーブの眉《まゆ》に、やや下がり気味の目元と、小さな唇。絶世の美女というわけではないが、守ってあげたい気分にさせる女性だった。

「はあ……まあ、俺も仕事に行かないわけにもいかないし……」

さっき一度起きかけたかのように見えた花婿は、また深く眠ったようでピクリともしない。このまま呼吸が止まったりはしないと思うが――言われるとふと不安にもなる。しかしバイトを休むには急すぎるタイミングだ。今からじゃ代打も見つからないだろう。

「もしよろしかったら、私がその方を見ていましょうか？」

「あ、いや、でも……」

俺は返事を躊躇った。ほいほい頼むのも失礼だと思ったし、寝ている男の素性《すじよう》はまだ明らかとは言えない。万が一、弥生さんになにかあったら大変だ。こんなか弱い女性なのに、と顔を見た時、彼女の表情が曇った。

「あ、あの、ごめんなさい。図々《ずうずう》しい申し出をしちゃって」

「えっ。いや、違うんです、そうじゃなくてですね」

だってこの男すごく変なんですよ、顔は俳優ばりモデルばりだけど、突然抱きつくし、突然寝ちまうし、おまけにちっとも起きないし……言動が常識の枠からはみ出しまくってるんです――。

そう説明すべきだろうかとも思ったのだが、かくも変な男が自分の兄である可能性を考えると、どうも口がうまく動かない。

「不破さんがいない時に、私がお邪魔するわけにはいきませんよね、すみません」

「ああ、そんなことないんです。弥生さんが入るぶんにはぜんぜん。ええ、まったくぜんぜん。こんな汚いところですが、ええと、その、いてくださると助かります。本当に」

「よろしいんですか？」

「よろしいもなにも、ハイ。……たぶん、寝続けるだけだと思いますが、万一起きたら俺は午前三時まで仕事だと伝えてください」

はい、と弥生さんが微笑む。

私に任せてくれて嬉しいです、と柔らかな表情が言っていた。

2

食事は、落ち着いてしたい。

豪勢なものを食いたいとは思わない。肉体労働は腹が減るので、なにを食べてもうまいと感じる。汗もかくので味つけは濃いほうがいい。仕事明けのビールもたまらないが、今の俺の経済状態では、酒よりメシを優先させなければならない。

その日の夕方も、現場の近くの牛丼屋《ぎゅうどんや》で大盛り汁ダクを注文したのだった。

……なのに。

「しまった。たまご頼むの忘れちゃった。お姉さん、たまご追加してください、たまご。わっ、タカちゃん食べるの早いなあ。もう半分になってるじゃない。ゆっくり食べようよ、せっかくの兄弟水入らずなんだから」

……ちっとも落ち着いて、食事ができない。

「あんた、なんでここにいるんだ」

「何度言わせるわけ？　弟に会いに来たんだってば。あっ、お姉さんありがとう」

お姉さんとおばさんの間、微妙なグレーゾーンに属するカウンター担当の女性が頬《ほお》を染めて小さく頷《うなず》く。

ちょっと待て、こいつ金払ってないんじゃないか？　お姉さん、たまご五十円じゃないの？


「昨日は目が覚めたらタカちゃんはいなくて、知らない女の人がうつらうつらしてるし」

「弥生《やよい》さん寝ちゃったのか？　……あんた、変なことしてないだろうな」

「変なことってなに」

「変なことは変なことだ」

「ふうん。タカちゃんは彼女と変なことしてるわけ？」

「べっ、別にそういうんじゃない！」

「なにあせってんの」

生たまごを牛丼の並に割り入れながら、花婿男《はなむこおとこ》……今日は白いハイネックと黒い細身のパンツなのだが……は、にいっと笑いやがった。たまごの黄身が白身の丘からつるっと滑り落ちる。

「ま、やめておいたほうがいいね。あの人はタカちゃんの手には負えない」

「なんだそれは。そんなんじゃないって言ってるだろうが」

「そんなんじゃないなら、いいの。七味《しちみ》取って」

奴はちょっと多すぎないか、というほど七味をかけ、ぐしゃんとたまごの黄身を潰《つぶ》し、牛丼をぐちゃぐちゃにかき混ぜる。

お世辞にも綺麗《きれい》といえる食べ方ではないのに、この男がやっているのを見ていてもそう気分が悪くならない。おかしな言い回しになるが、マナーの悪さに可愛《かわい》げがあるのだ。半円周形になっているカウンターの、向かいに座っている大学生くらいの男がぼうっと奴に見とれていた。

「弥生さんとなんの話をしたんだ」

「うん？　話はほとんどしてないよ。僕の目が覚めるとすぐ帰っちゃったし。……そんなことよりタカちゃん。僕の免許証、見たんでしょう？　兄弟だってこと、わかった？」

「あんたのほうが年上なのがわかっただけだ」

「じゃ、これ。僕の戸籍謄本《とうほん》」

カウンターの上に出された用紙を見て、こんなものまで用意していたのかと驚く。

「ね。一緒でしょ、お母さんの名前」

「………けど、俺とあんたってちっとも似てないじゃないか」

「もー、疑《うたぐ》り深《ぶか》い子だなぁ。だってタカちゃんはお父さん似で、僕とタカちゃんのお父さんは、血の繫《つな》がりはないんだからしょうがないよ……ああ、でもほら」

言葉を切ったかと思うと突然丼《どんぶり》を置き、自分の右手で俺の左手を取った。

「な、なんだよ」

「ふふ」

手のひらを開かせ、慈《いつく》しむように指を撫《な》でる。

向かいの学生が箸《はし》を持ったまま口を開けてこっちを見ている。下唇に米粒がひとつついていた。

「ほらほら、この小指。これ、僕と一緒。うちの笑《えみ》ちゃんもそうですよ」

「は？　小指がなんだっていうんだ」

「短いでしょ、普通より」

奴も自分の手のひらを見せた。多くの人の場合、小指の長さは薬指の第一関節まである。だが俺の場合、第一関節と第二関節の中間くらいまでしかない。そういえば親父《おやじ》がよく「おまえの小指はちっちぇな」と言っていた。

そして、この男もまたそうだった。

ほっそりとして優美な手は、確かに小指が短めだった。

「そういう人、結構いるんじゃないのか？　笑ちゃんてのは、誰だよ」

「僕の愛娘《まなむすめ》」

こんな顔して、娘がいるのかこいつってば。

「結婚してんのか」

「うん。妻はもう、亡《な》くなったけど」

特に口調を変えないままで言い、また笑う。

幸福を――今現在のではなく、過去の幸福を懐《なつ》かしむ微笑《ほほえ》みだった。横顔の睫《まつげ》がかすかに揺れて、俺はその綺麗な顔から視線を逸《そ》らす。

「……あんたが本当に兄貴なら、俺には姪《めい》っ子《こ》がいるってわけか」

父親が亡《な》くなり、妻が消え、今度は兄と姪が出てきて――人生いろいろなどと演歌めいたことを思う。

「そう、姪だよ。可愛いよ～。会いたいでしょ？　ね？」

「ね、って言われても」

「だからうちに来て、一緒に仕事しよう」

「一緒にってなぁ。あんたが会社でも経営してるんならともかく……」

この男の本業はもう聞いている。探偵、なのである。

興信所や調査会社の社員ではない。市羅木《いちらぎ》探偵事務所の所長で唯一の探偵。いや、唯一無二の探偵と言ったか。まあそんなことはどうでもいい。

「探偵って食えるわけ？」

「うーん。あんまり」

そうだろうな。

仕事が忙しかったら結婚式場のパンフレットモデルのバイトなんかしないだろう。

「だってさ、僕ひとりだと動ける範囲が限られちゃうわけ。車の運転もできないし」

「免許持ってるじゃないか」

「あれは昔取ったのを更新してるだけ。だって、高速走ってて発作きちゃったら、死ぬの僕だけじゃないしさ」

「……確かに」

同意するしかない。

居眠り運転どころか、昏睡《こんすい》運転になってしまう。俺は味噌汁《みそしる》を啜《すす》りながら三田《みた》さんの言っていた眠り病の名前を思いだそうとしたのだが、なかなか出てこない。

「あんたのそれは、ナ、ナ、ナルトなんとかってやつなのか？」

「ナルコレプシー？　うーん、似てるけど違うみたいだね。リタリンも服用したけど効かなかったし、脱力発作もないし。それにナルコレプシーの患者で他人の夢が……あれ？」

言葉の途中で奴が――花婿バイトもする探偵が横を向き、ガラス越しに歩道を見た。

つられて俺も視線を移すと、なにやら揉《も》めている様子の男女が目に入る。派手な女が速足で歩いており、後ろから胡散臭《うさんくさ》そうな……ひと言で言えばチンピラめいた男が追いついてはなにか言い、女がまた振り払う。その繰り返しである。

「どうしたんだろ」

「さあな。俺は食べ終わったから行くぞ」

「あっ。ちょっと待ってよ、僕はまだ……タカちゃんってば～」

丼を抱えたままで俺を呼ぶ探偵を無視して、牛丼屋を出る。

告白すれば、俺は非常に迷っていた。

自分の現状に満足しているわけではないが、現場仕事にもそこそこ慣れてきたところなのだ。いくら半分は血の繋がった兄とはいえ、いきなり仕事を手伝えと言われても戸惑ってしまう。おまけに探偵業ときた日には、なにをどう手伝えばいいのか想像もつかない。

午後六時近くの町中を歩きながら、銀行のガラスに映った自分とふと目が合う。

俺はニッカを持っていないので、普通のドカジャンに作業ズボンの裾《すそ》を安全靴に突っ込んだ格好だ。そう貧弱でもないつもりなので、こういったスタイルも似合っていると自分では思っていた。だが、三田さんの年季の入ったニッカや、鉄材を移動させる時の腰の据わりようをみるたびに、自分がまだまだヒヨッコだと思い知る。

三田さんを見ていると、親父を思いだす。

俺の親父は三田さんよりずっと身体《からだ》の大きな男で、子供の頃はよく肩車をしてもらった。そうすると、あんなに高かった空がずいぶん近づいたように感じられ、俺はめいっぱい腕を伸ばして雲や星を摑《つか》もうと試みたものだ。

そんなもの、取れはしないのに。取れるはずはないのに。

「やめてって言ってるでしょう！」

女の金切り声が俺を現実に引き戻す。

細い裏道に入ったところで、さっきも見た男女がまだ揉めていた。

「てめえ、どういうつもりなんだよ！　なんでオレの言うとおりにしねえんだッ」

「あたしにはあたしのやり方があるって言ってんじゃないの！」

「誰がてめえのやり方で仕事しろなんつったんだよ！」

「うるさいわねっ。ヒモのくせに偉ぶるんじゃないよッ！」

そうか、ヒモなのかと俺はひとりで小さく頷《うなず》いてしまった。実にヒモらしい男だ。脱色した髪とピアス、悪趣味な配色のシャツに膝の抜けたジーンズ、どう見ても定職についていなさそうな雰囲気である。いや、ヒモってのはある種の定職なのか？　そのへんは俺にはわからないのだが。

一方、女のほうもタイトな膝上丈のニットワンピースに、水商売っぽくアップにした髪、目が透ける程度の茶色いサングラスに、耳には金のリングピアスとこれまた素人《しろうと》さんには見えない。キリリとした眉《まゆ》と強いピンクの口紅が、いっそいさぎよく玄人《くろうと》っぽくて似合っている。夜のお仕事であろうことは間違いない。

会社員の頃には接待で女の子のつく飲み屋にも何度か足を運んだが、俺はどうもそういう場が苦手だった。彼女たちがいくらニッコリ笑いかけてくれても、目の奥では「あんたのスケベ心はみーんなお見通しよ」……そう言われているような気がして緊張してしまうのだ。酒には強いので、酔って自分を解放するまでには金がかかりすぎてしまう。

第一、接待で自分が酔ってては意味がないし、営業という仕事上、接待されることはほとんどなかった。

僅《わず》かなあいだ回想に浸《ひた》っていると、キャッ、という叫び声が耳を突く。

男が女に手を上げたのだ。頬《ほお》を打たれた彼女を何人かの通行人が一瞬だけ見て、もちろん諍《いさか》いがあるのだとは気がつくわけだが、わざわざ足を止める者はいない。俺の足が勝手に止まってしまったのも、正義の味方よろしくふたりの間に割って入るためではなく、単なる野次馬根性である。

「なめんじゃねーぞ、このアマ！」

尼僧《にそう》と海女《あま》さん以外に対しての、『アマ』って言葉もそろそろ死語にしたほうがいいんではないかと思うのだが、どうやらあっちの業界ではまだ生きている言葉らしい。

可哀想《かわいそう》な彼女は片手で頬を押さえて俯《うつむ》いていた。だがやがてゆっくりと顔を上げ――、

「…………うっ」

呻《うめ》いたのは俺である。

見ているだけでこっちのナニまで痛むような、鮮やかな股間蹴《こかんげ》り。

その鮮やかさを説明するのなら、無駄がなく、ミニマムかつシャープな動きで、しかも的確に弱点箇所にヒットしているのだ。

お見事としか言いようがない。

くらったチンピラのほうは声もたてずに身体を折り曲げ、当該部分を両手で覆って身体を震わせている。あの痛みは女性には理解できないだろうが、本当に、本当に、この世の終わりのように痛いのである。

悶《もだ》えているヒモ男に「ふんっ」と鼻息をひとつかけ、彼女は大股《おおまた》でザクザクと歩きだした。待てェと追う男の声は力ないが、どうやら追いかけるつもりはあるらしい。ひょこっ、ひょこっ、とヒモ男は動きだす。

チラリと男を振り返り、足を速めた彼女と、路地の入り口に立っていた俺の目が一瞬だけ合う。彼女はひどく驚いた顔をしてその足も一度止まったが、自分を追ってくる男の気配にそのまま小走りに駆けだした。

すぐそばに都バスの停留所があり、折よくバスが滑り込んできたのだ。

彼女はそれに飛び乗る。たまたま俺も使う系統のバスだったので、続けてタラップを踏んだ。彼女は俺がくっついてきたのを不審に感じたのか、少しこちらを気にしているようだ。俺は単に早くシャワーを浴びたいので、朝は徒歩で三十分かけている道のりにバスを使うにすぎないのだが。

「これ、くずして」

彼女は小銭がなかったらしい。

一万円札を出されて、中年の運転手は眉をひそめる。

「お客さぁん。せめて千円札、ないの?」

感じのいい口調ではなかった。運転手も疲れているのだろう。

「あったら出してるわよ」

「こっちもちょうど切らしててねぇ。弱ったなぁ」

俺は先に小銭を料金ボックスに放《ほう》り込《こ》んで、空いていたいちばん前に座った。彼女がサングラスの奥からチラチラとこっちを見ているのがわかった。つけてきたわけじゃないんだ、たまたま俺もこのバスに乗りたかっただけで——と説明するのもかえって怪しい。俺は黙ったまま、埃《ほこり》っぽい頭を掻《か》く。ああ、早くシャンプーしてスッキリしたい。

「千円札のお客さんがあとふたり来たらくずせますから、ちょっと待っててよ」

運転手はそう言いながらバスを発車させた。これには俺もちょっと驚く。つまり、いつかは来るであろう千円札を使う乗客二名が乗るまで、彼女はこのバスを降りられないということなのだろうか。

「待ってて、いつまで?」

「小銭はお客さんのほうで用意しててくんないとなぁ」

質問を無視して運転手は交差点を曲がる。バスが揺れ、彼女は手すりを摑み、ふらつかないようにふくらはぎにぐっと力を入れた。綺麗な筋肉が張り詰めるのが、見ているだけでもわかる。サングラスの下に隠れた目が、怒っていることもまたわかった。

バスの中に、険悪な雰囲気が漂う。こういうのは、嫌いだ。

「あの。これ」

俺はポケットから裸銭をじゃらりと手のひらに出し、三百四十円あったそこから二百円を彼女に差し出した。

「使ってください」

「……え」

「俺、緑町《みどりまち》のマンション建築現場で働いてますから。気が向いたら、そこに返しに来てくれればいいですから」

本気で返してほしいと思ったわけじゃないから、名前は言わなかった。たかが二百円を返しに来るとも思えない。今の俺にとっては昼飯代の半分弱であるが、彼女にははした金だろう。

「いいん、ですか」

彼女の声音が少し変化した。

「どうぞ」

俺は腰を上げて、勝手に硬貨を料金箱に入れた。運転手は一応、

「すいませんねぇ、お客さん」

とは言ったものの、誠意は感じられなかった。

一方で彼女はバスに揺られながらもピンヒールでしっかりと立ち、俺に深く一礼してから奥の座席に消えていった。こっちからはきちんと誠意が感じられたのは、なかなか美人だった彼女に対する贔屓目《ひいきめ》だろうか。

バスが遅いタイミングでウインカーを出し、乱暴な車線変更をする。車窓から見える街並みはいつもとなんら変わらない。

一千万近い借金から逃げている俺が二百円を見知らぬ女に貸した——それがなんだかおかしくて、俺は流れる街路樹を見ながら口元を緩ませた。

それからも毎日、探偵は現場にやってきた。

関係者ではないので敷地内に入れないはずなのだが、小うるさい監督のいない昼休みには、黄色い安全メットを被《かぶ》って弁当を食っている俺の隣に座っていたりする。いつのまにか左官の親方と親しくなり、現場に入れてもらえるようになったのだ。

「あっ、今日のタカちゃんはコロッケ弁当だね。うーん、コレステロール高そう」

「あんたなぁ。毎日毎日、こんなとこで油売っててていいのか」

鉄骨の上に座り、確かに栄養の偏りそうな弁当をかきこみながら俺は聞いた。探偵というのはそんなにヒマな職業なのだろうか。

「よくない。このままじゃ、親子で日干しになっちゃう。早くタカちゃんに来てもらわないと」

「探偵なんて浮かれた商売、俺には向いてない」

「そう浮かれてもいないんだけどね」

暑くなったのだろう、安全メットを脱いで探偵は言った。現場の砂っぽい風が絹糸のような黒髪を乱す。すっきりと高い鼻、女々しくないのに優美な顎《あご》。絵に描《か》いたってここまで完璧《かんぺき》な横顔は難しいだろう。本当に、たった半分でもこいつと血が繋がっているのだろうか。小指以外に似ているところが見つからない。

この男が、嫌いなわけではない。

へんてこな奴だとは思うが、面白い。俺の迷惑など顧みずに日々やってくるマイペースぶりや、率直な物言いや、若干《じゃっかん》甘えるような態度も……面くらいはするが、いやではないのだ。この男が兄で、一緒に仕事をして、姪っ子もいて——家族がまたできる。

俺は、それが少し怖い。

なにしろ、借金取りから逃げている身だ。身内ができると、奴らはたちまちそっちにもたかる。本来、借金は連帯保証人にでもなっていない限り、親兄弟・親戚《しんせき》が負担する必要などない。ただし俺の妻の借金の場合は、なんでも、「日常家事債務」があるとかで、夫が払うべきだとサラ金屋は言っていた。

自分で法律の本を調べてみると、確かに民法七百六十一条にそういう法律がある。この男が本当に兄ならば、迷惑はかけたくない。借金問題は、本当に人の生活をめちゃくちゃにする力を持っているのだ。

「で、タカちゃん。借金のほうはどうなってんの？」

突然の問いだったが、知られていること自体に驚きはなかった。俺の居場所を突き止めたのだから、いくらでも情報源はあったはずだ。妻が逃げ、そのあと俺も逃げたことは、もと住んでいた社宅の住人ならば誰しも知っていることである。

「……ほったらかしてる。一部は、退職金で返したけどな……」

「わー。ほったらかしなんだー」

笑いを含んだ声で言われ、俺はちょっと言い訳をしたくなった。

「キリがないんだ。とても払いきれない。最後はヤミ金にも手を出してたから、恐ろしい利息になってる」

「ヤミ金融か……なるほどね。だから、あんな怖いお兄さんが来てるんだ」

「え？」

ソースでべっしょりになった、最後のコロッケを口に突っ込んでから俺は顔を上げる。そしてそのまま、嚙《か》むのを忘れて飲み込んでしまった。ソースで喉《のど》がやける。

仮囲いの搬入口から若い作業員を振りきって入ってくるふたり組の男が見えた。

服装、立ち居振る舞い、目つき、どこをとっても暴力団オーラが立ち上るふたりは、真《ま》っ直《す》ぐ俺を目指していた。

途中、なにか言い寄った別の作業員が突き飛ばされて尻餅《しりもち》をつく。

「あれあれ。絵に描いたようなヤクザだ」

探偵は面白そうに言うのだが、こっちは蒼白《そうはく》である。プロレスラーみたいな大男がひとりと、やせ型で猫背のスーツ男がひとり。俺たちの前でぴたりと止まった。

「不破《ふわ》隆《たかし》さんだねぇ」

猫背のほうが言う。俺は動くこともできない。

「俺たち、ダイシンローンの使いの者だけどね。用件、わかっとるでしょ？」

俺は黙ったまま頷いた。おそらく妻がいちばんパニック状態だった時に『借金を一本化します』という広告につられて訪れた会社があった。結局一本化は難しいと言われ、その代わり当座に必要な金額を用立ててくれる別の金融会社を紹介されたのだ。それが、ダイシンローンだった。

「はい、これ計算書。かなぁり、膨らんでるよ～」

顔の真ん前に突き出された督促状を受け取る。

もともと暴利に近い利息が、更に凶悪な利息を生み、気が遠くなるような額がそこに刻まれていた。

「不破さん、いなくなっちゃうんだもんな～。大丈夫、ここのことはよその会社には内緒にしとくからさ。ただし、ウチの金利分くらいは入れてもらえないと～」

プロレスラーは黙ったままで、猫背ばかりがぺらぺらと喋《しゃべ》っている。ふと足元を見て、とんがったエナメルの靴が砂埃《すなぼこり》に汚れたのを知ると、ケッと忌々《いまいま》しげな声を出した。

「で、いつ払ってくれんのかなァ。とりあえず今いくらあんのよ？」

「突然、言われても……」

俺が言《い》い淀《よど》むといきなり猫背の口調が変わった。

「アァ？　突然ってなんだよ、突然って。ちっとも突然じゃねーだろーが！　てめえの女房が借金踏み倒してから何か月経《た》ったと思ってんだ、コラァ！」

「ウルサイなあ」

探偵が思い切り顔をしかめて言った。

猫背とプロレスラーは探偵に視線を向け、おそらくは睨《にら》みつける予定だったのだろうが、一瞬目をぱちくりさせる。探偵は工事現場に馴染《なじ》んでいるようでもあるが、やっぱりよく見ればその美貌《びぼう》はどうしたって浮いている。

「な、なんだてめー」

威嚇の声も、いまいち上擦っていた。

「ウルサイんだよ。人の職場まで乗り込んでくるなんて図々《ずうずう》しい」

「あのな、俺たちゃこの人に金を貸してるんだよ。借りたモンは返すのが道理だろうが」

「タカちゃんの借金じゃないだろ。連帯保証人になってるわけでもないし」

チンピラたちの顔色が僅かに変わる。俺は兄かもしれない男に累が及ぶのを恐れ、探偵に言った。

「おい、いいからおまえは帰れ」

「帰んないよ。可愛《かわい》い弟がチンピラにいじめられてるのは我慢がならない」

弟、という言葉にプロレスラーの目線が泳ぐ。どっちが弟なのか混乱しているようだ。

だが猫背のほうは別の部分にカチンときた様子でズイと探偵に歩み寄った。

「あんちゃん、チンピラってのはひどいじゃねえか。だいたいなぁ、夫婦間での借金は返さなきゃなんないって法律があんだよ、ちゃんと。あんたが弟なら、あんたに払ってもらったっていいんだぜ？　家族ってのは助け合うもんだろう?」

いや、弟じゃないって。ぜんぜん人の話を聞いてないんだなあ。

「そうだよ。家族とは助け合うものだ」

探偵はゆっくりと立ち上がり、猫背の男との距離がますます縮まる。もうほとんど目の前だ。

「民法七百六十一条。夫婦の一方が、日常の家事に関して第三者と法律行為をした時は、他の一方はこれによって生じた債務について、連帯してその責に任ずる」

探偵の声が現場に響く。

「たとえば妻が日常家事に必要な借金をしたのなら、夫には返済義務が生じる。米を買った、味噌を買った、アパートの家賃、子供の塾代——日常家事責務というのは、こういった範囲の話だ。高級ブランドの買い物は日常家事には当てはまらない」

この男はとても気持ちいい声の持ち主なのだと、遅まきながら俺は気がついた。男にしては高く、透明感がある。つい聞《き》き惚《ほ》れて、もう少しで内容を聞き逃すところだった。

「え、じゃあ俺は妻の名義分は返さなくてもいいのか？」

「タカちゃんの名義分だって、勝手に使われた場合はカード会社に支払い拒否ができるんだよ。困った子だな、そんなことも知らなかったの？」

知らなかった……と言うか、あの時は頭がまったく働かなかった。

突然消えた妻と突然現れた多額の借金。鳴り続ける電話、わざと会社の近辺でうろつく取り立て屋、近隣の冷たい視線——一月で七キロ痩《や》せた俺は、同僚から健康診断を受けろよと強く勧められた。悪い病気だと思われたのだろう。

「だいたい、こうやって職場にノコノコ出てくるのだって貸金業規制法では違法行為に当たる。タカちゃん、かなり舐《な》められてるってことだよ」

僅かだが、猫背が表情を硬くするのがわかった。なるほど、違法と知りつつ相手を見てやっているわけか……。

確かに俺は、自分の借金でもないのに平謝りして、あるだけの金を払い、追いつめられて退職までしてしまったのだ。無知で馬鹿な男からは、搾れるだけ搾ってやれ……つまりはカモにされたわけだ。

「とにかく、支払い義務のないことを内容証明でこのヤクザ屋さんの事務所に出しなさい。それから、監督官庁に訴えてもいい。深夜の電話、張り紙、職場への訪問、こういうこと、されていたんでしょう？　全部、違法。しかもなに、この金利は。利息制限法って言葉を知らないわけ、あんたたちは」

猫背はしばらく逡《しゅん》巡《じゅん》していたが、やがてプロレスラーのほうに目配せをした。

「そっちの綺麗なあんちゃんには、多少の知恵はあるみたいだな。けど言っとくがな、俺たちを敵に回すとかえってややこしいことになるぜ」

猫背の目配せと同時に、プロレスラーのほうが俺の襟首をぐいと摑んで立ち上がらせる。膝の上にあった弁当の容器と箸《はし》が、鉄材の上から転がり落ちた。

探偵はさして動揺する様子もなく、息苦しさで情けない顔になっているであろう俺を「ふうん」と見た。

「暴力と脅迫路線に変更ですか？　ならば僕たちも即刻刑事事件扱いで警察に連絡するまでの話ですよ。悪いけど、マル暴に知人がいないわけでもないし。ちなみにすでに今の言動が脅迫です。携帯電話あるけど、一一〇番する？」

にっこり笑って電話を差し出してくるが、締め上げられている俺はとても受け取れる状態ではない。だが猫背が「おい」と短く相棒に声をかけると、でかくて指毛まで生えた手はやっと俺を解放してくれた。

「ったく、食えないあんちゃんだな。よし、いいさ。わかったよ。……不破さん、つまりあんた、奥さんを見捨てるんだな?」

そのセリフに、俺の表情が凍ったのを、猫背は見逃さなかった。

「こうなったら俺たちは、地の果てまで奥さんを追っかけるぜ。……女はよ、いろいろと稼がせる手管《てくだ》もあるからな」

妻の顔が浮かぶ。

正直、未練があるわけではない。愛情という部分では——何年も前に俺たちは終わっていたのだ。けれどそれは彼女が悪かったわけではなく、むしろ責任は俺にある。

「待ってくれ、彼女は」

「俺たちがその気になりゃ、捜し出せるさ。待たせたぶん、きっちり働いてもらう。へへ、あんたの奥さん、美人なんだろ?」

「ま、」

待て、と言いかけた時だった。

ガゴンッ、と鈍い音とともに、猫背の表情が苦痛に歪《ゆが》む。

「いっ…………！　痛《い》ッてぇぇぇぇ！」

姿勢の悪い背中にぶつかったのは、鉄骨の廃材だった。

「おお、すまんすまん」

惚《とぼ》けた声を出したのは、三田さんである。

少し離れた場所で、三メートルほどの鉄骨を肩に担《にな》い、方向転換をした際にぶつかったのだ。よくあんなの担《かつ》げるようなぁ、と感心してしまうほどのごつい鉄骨は、もちろんそんな場所で担ぐ必要はなく、ましてやうろうろと方向転換する必要はもっとない。

「あっちにな、行こうと思うたんやけど、こないなとこに人がおるとは。いやあ、あんた危ないで、メットも被らんで現場おったら」

「てっ、てっ、てめ……ゲホゲホッ」

「ああ、いかんいかん。わし、業務上過失傷害で訴えられてしまうやろかー」

ふざけているのがありありとわかる声に、プロレスラーのほうが眉を吊《つ》り上《あ》げた。無言のままで三田さんのほうに身体を向ける。いくら現場で鍛えあげた三田さんでも、さすがにこの大男と取っ組み合って勝てるとは思えない。

「み、三田さん、やめ」

止めに入ろうとした俺の襟首を、探偵がひょいと摘《つま》んで阻止した。

「あっち」

探偵の指し示した方向、重い安全靴をザリザリいわせながら近づいてくる男が見える。ひとり、ふたり、三人……五人？　いやもっとだ。

鳶職《とびしょく》、ガス溶接技術者、電気工事担当、大工など——他の現場でも三田さんと顔を合わす機会の多いプロフェッショナルたちが、各々《おのおの》の弟子を後ろにひきつれて、三田さんの後ろにずらりと並ぶ。

その様は壮観だった。

総勢で十名以上、それぞれが手にしているのはツルハシやハンマー、メガネにシノなど、一振りで楽に人間を壊せる道具。

「何事だい、三田《にん》さん」

魚河岸《うおがし》の競《せ》り人並みのハスキーヴォイスは、この現場で監督より恐れられている鍛冶屋《かじや》の六郷《りくごう》さんだ。鍛冶屋といっても現場の鍛冶親方である。鉄骨部材接合のための高力ボルトを、器具を使用して締めつけるのがこの人たちの仕事だ。締めつける道具はメガネと呼ばれるどでかい六角レンチである。

これで殴られたら、相当痛い。もとい、痛いと感じるヒマもない。

「なんや知らんが、わしの弟子にお客が来とるようや」

……弟子って、もしかして俺のことだろうか。

「けどここ、関係者以外立ち入り禁止じゃん？」

明るすぎるのがかえって不気味なこの声は、鳶の若手の辰也《たつや》くんだ。

二十三歳で運動能力抜群、鳶の親方のいちばんのお気に入りである。現在は立派に更生したが、数年前までは暴走族のリーダーで、鑑別所歴は三回だと俺は聞いている。そして彼が持っているのはシノ——巨大な、一メートル以上あるバールだ。絶対に暴走族には持ってほしくない代物である。

「せやなぁ。つーことでお兄さんがた、わしらンうちの誰かが業務上過失致死事件を起こさんうちに、帰ったほうがええんちゃうかのう」

プロレスラーと猫背の表情が明らかに硬くなる。

安易に暴力をふるう連中ほど、暴力に屈しやすい。どこかで聞いたその法則を、俺はいま目《ま》の当《あ》たりにしていた。奴らは後ずさりしながら捨てぜりふを吐く。

「き、今日のとこは帰るけどな、これで借金が消えたわけじゃないぜ」

「だからそれタカちゃんの借金じゃないでしょー。そもそもあんたたちそこが間違ってるんだってばー」

探偵の言い分が聞こえているのかいないのか、逃げ足は滅法《めっぽう》早い。

その姿が完全に視界から消えると、俺は脱力して後ずさり、鉄骨に寄り掛かって大きな溜《た》め息《いき》をついた。今頃になって心臓がバクバク言い始めている。

「ちぇ。食後の運動できなかったじゃん」

辰也くんが口を尖《とが》らせて言い、隣にいた親方にひっぱたかれる。集まってくれた職人たちはなにもなかったようにまた現場に散っていった。

「す……すいませんでした」

俺は三田さんに頭を下げる。三田さんはウンと頷き、それから少しだけ躊躇《ためら》ったのち、

「人の借金を返すことはないんやで。たとえ、それが女房でもな」

静かにそう教えてくれた。

妻のことを考えると、気が滅入《めい》る。

家庭が欲しくて、早くに結婚した。二十三の時、勤めていた自動車販売会社で事務をしていた彼女にプロポーズした。明るくて、はきはきした女性だった。家庭を守るためには、自分がきちんと働かなければならないと思った。乗用車のセールスという仕事は、ノルマを達成するまでのプレッシャーが大きい。おまけに不況続きで、新車の売り上げは伸び悩んでいた。

それでも俺は毎日足を棒にして歩き回り、そこそこの成績を保っていたし、信頼してくれる得意先もあった。

結婚して二年目、妻は妊娠したが、残念なことに流産してしまった。

その頃から俺は規模の大きな営業所に移り、ますます忙しくなった。遅くまでの接待でカプセルホテルに泊まり、家に帰らない日も少なくはなかった。妻の相手ができないのを悪いなとは思っていたので、彼女がまた働きたいと言いだした時も止めなかった。妻は派遣会社に登録し、とある企業の受付係の職を得た。俺よりも若かったし、可愛らしい顔をしていたので、ぴったりの仕事に思えた。

それから更に一年して、妻が、妊娠した。

今度は、俺はうろたえた。

当時、妻に男がいるのはわかっていた。わかってて、知らないふりをしていたのだ。仕事にかまけていた自分に罪悪感もあったし、揉めごとは嫌いだった。知らないふりをしている俺を、妻もわかっていた。家じゅうに嘘《うそ》と欺瞞《ぎまん》が溢《あふ》れていて、もはやそこは安らぎの場でもなんでもなく、それでもすべてをゼロに戻す労力と勇気が俺にはなかった。

ダイニングテーブルの上に母子手帳を見つけた時、俺は胃痛すら感じた。

妻の母親はとても喜んだ。

まだ三か月だというのにベビー服を買ってそれを俺たちに見せに来る。俺は微笑みながら「小さいですね」などとあたりまえのことを言い、腹の中ではいつも考えていたのだ。

誰の、子供なんだ。

その膨らみはじめた腹にいるのは、いったい誰の子供なんだ。

父親は俺なのか、浮気相手なのか。いっそ俺たちが完全にセックスレスだったならまだよかったのだが、お義理のようなセックスが少ないとはいえ存在していたのだ。

結局、その子供もまた流れてしまった。大量の出血を伴い、妻は入院した。

会社で電話を受け、病院に駆けつけると妻はベッドの上でぼんやりと天井を見ていた。

俺はなんと言ったらいいのかわからなくて、ただそばにあったパイプ椅子《いす》を引き寄せて座る。しばらくしてから妻がぽつりと言った。

――あなた、願ったの？

意味がわからず妻を見る。妻は虚《うつ》ろな目つきのままで、

――あの子が死ぬようにって……願ったの？

そう繰り返したのだ。


「で、そのあとに浪費癖が始まったのさ。信じられるか？　女ってのはストレスが溜まると買い物に走るんだそうだ」

取り立て屋が来た日の夜、仕事を終えてアパートに戻ると、探偵が勝手に入って待っていた。一応鍵はかけていったのだが、それを問いつめると「あんなの鍵のうちに入らないよ」としれっとした顔で言われてしまう。

もっとも、取られて困るようなものはない。布団はないと困るが、俺の汗くさい布団を盗んでいく奴はまずいないだろう。

探偵は、焼酎《しょうちゅう》を一本と、乾きものを持参しており、手みやげのある相手を追い返すわけにもいかず、ふたりで飲み始めたのだ。

「それって、男が博打《ばくち》に走るのと同じなんじゃないの？」

弥生さんが譲ってくれた、古い卓袱台《ちゃぶだい》は端っこの塗料が剥《は》げている。その上にドーナツ屋が景品でくれたペンギンの絵のついたコップがふたつ。なんだか間の抜けた部屋が我ながらおかしい。俺はいつになく饒舌《じょうぜつ》に妻の話をした。この男が本当に自分の兄なのかどうか、それはむしろどうでもよかった。ただ、聞いてほしかっただけなのだろう。

探偵は焼酎をあまり飲まない。

「博打は当たることもあるだろ」

「博打で一財産築いた知り合いいる？　身を滅ぼしたって話はよく転がってるけど」

そのとおりである。俺は力なく笑った。

今日はとても疲れている。肉体的にではなく、精神的にだ。コップに残っていた焼酎を空け、ゴロリと畳に横になった。まだ眠いわけではないが、同じ体勢に飽きていた。一升瓶は半分にまで減っていて、そのうちのほとんどは俺が飲んでいるのに、なかなか酔えずに頭の芯《しん》が冴《さ》えたままだ。

「つまり、タカちゃんは蒸発した奥さんに責任を感じているんだ。サラ金に手を出すほどの浪費癖は、自分との夫婦関係がうまくいかなかったからだ、と」

サクッとまとめられてしまうとなにやら陳腐《ちんぷ》にも感じられるが、まあそんなところだろう。俺はアタリメを囓《かじ》りながら頷く。

「ま、確かにタカちゃんが奥さんを幸せにしてあげてれば、こんなことにはならなかったかもね」

「そういうことだ」

夢見ていた家庭生活。

妻がいて、子供がいて、家に帰ると「おかえり」と言ってくれる人のいる生活。……そう贅沢《ぜいたく》な望みではなかったと思うのだが、ちっともうまくいかなかった。

「驕《おご》ってる」

「え?」

探偵は卓袱台に頬杖《ほおづえ》をついている。目元が少し赤くなっていた。酒はあまり強くないのだろうか。

「人ひとり幸せにするのって、そんなに簡単じゃないよ。それができなかったからって、意味のない責任の被り方してても意味ないと思うけど」

「意味ないって……そういう言い方はないだろ」

見た目が年下の男に説教されるのはどうにも妙な気分だ。頭では年上とわかっていても、顔につけ口調につけ、学生に諭《さと》されているような気分になる。

「だって意味ないだろ？ どんな事情であれ、奥さんの借金だ。奥さんが自分で返さなきゃならない。それもまあ、利息制限法や出資法の上限を超えてない部分についてだけどね。返せないなら正式な手続きを踏んで破産宣告をする方法もある。蒸発したあげく、タカちゃんがその借金を返して、奥さん喜ぶのかなあ？ タカちゃんに手を合わせたりするわけ？」

「……少なくとも、返済すればあいつが追いかけられることはないじゃないか……」

「はあ。優しいねぇ。金の面倒だけでも見てやろうって？ 幸せにしてやれなかった俺が悪いんだから？ 僕にはとても理解できないや」

俺はむくりと起きあがり、畳の跡がつきかけた頬を擦《さす》りながら探偵に言った。

「じゃあ、あんただったらどうすんだよ。自分の妻が借金こさえても、知らぬ存ぜぬで通すのかよ」

「そうだよ。だって自分の借金じゃないんだもの」

「見放すのか。もし、彼女が戻ってきたらどうするんだ」

探偵は大きな溜め息をつき、

「馬鹿だなあ」

とゆっくり首を横に振って、ロングサイズの煙草《たばこ》を一本取り出した。

「見放さないから、払わないんでしょ。無理して会社辞《や》めて払ったりしたから、タカちゃんはこんなことになってるわけ。本当に彼女が帰ってくるのを待つ覚悟があったなら、タカちゃんは仕事を続けながら、生活の基盤を守ることがいちばん大切だったんです。帰ってきた時に、彼女を支えてあげられるように」

「…………」

ひと言も、返せなかった。

「僕に言わせれば、タカちゃんのしたことはほとんどヤケクソだね。借金に関する知識がなかったのは仕方ないとしても、誰か身近に相談できる相手くらいいるはずだっただろうに、それもしなかった。会社を辞めて、退職金を崩して、まるで自分に罰を与えているみたいに、わざわざ悪い方向に持っていって……」

探偵の声が、突然上擦った。

驚いて顔を上げると、煙草を咥《くわ》えたまま、その目が真っ赤になっている。

「……僕が、もう少し早く見つけていたら……あと半年早く会えていたら、なんとかしてあげられたのに」

「お、おい。どうしたんだよ」

まだ火のついていない煙草をきつく噛んで、探偵が俯《うつむ》く。

「そんな、死んだわけじゃないんだぜ。大袈裟《おおげさ》だな」

「そんなひどい顔色してなに言ってんだよ。体重だって、前はもうちょっとあったはずだろ？　僕がタカちゃんの会社で見せてもらった社員旅行の時の写真は、今よりずっと健康そうだった」

体重など最近は量っていないのだが……まあろくなものも食べていないうえに肉体労働だから、それ相応に減っているだろう。空腹を我慢するほどに飢えてはいないが、栄養の偏《かたよ》った食生活だという自覚もある。

「僕の大切な弟なんだ」

俯いたままで探偵は言う。

「本当に、ずっと、捜して……僕に弟が、家族がいるってわかって嬉しくて……」

ひどくせつない声を出すので、俺は思わず卓袱台をどかし、隣にあぐらをかいた。顔を覗《のぞ》き込《こ》むと美貌の男はゆっくりと俺を見つめ返した。色気のある潤んだ瞳《ひとみ》を向けられて、俺は射すくめられたように動けなくなる。

……こんなのが兄貴ってのは、ある意味問題だ。

「な、なんだよ……？」

ふ、と探偵が俺に顔を近づける。

「タカちゃん……一緒に、寝て」

「──は？」

しなやかな腕が俺の首に絡《から》みついてくる。探偵の唇から、煙草がぽろりと落ちた。

「おっ、おいっ。なにすんだよあんた！」

「寝よう。タカちゃんと寝るのはすごく良さそうなんだもん、もう我慢できない」

「ちょ、あんたまさか酔ってンのかっ？　酒弱いのかよ？」

「弱いろゆーか、ほとんど飲めらい」

「なんで突然呂律《ろれつ》が回らなくなるんだ！」

「飲んじゃらめって、笑《えみ》ひゃんにも言われれるし」

「じゃあなんで焼酎なんか持ってき、うわっ、重いッ」

のしかかってくる身体は見た目よりずっと熱く、酔っぱらっているのは間違いなかった。自分が飲めないなら酒なんか持ってこなきゃいいのに──あるいは、俺に飲ませるために持ってきたのだろうか。つまり、俺がやけ酒したい気分だろうと……気を遣ってくれたのだろうか。

「寝よう～」

俺の胸に猫のような仕草で頬を擦《こす》りつけて言う。

「こ、子供じゃないんだから、ひとりで寝ろッ」

「ひろりで寝ると、怖い夢を見るんら」

「三十五になろうってのに、なに言ってんだよッ」

「アハハ。タカちゃんは、二十代には見えないよねえ。老け顔らー」

「余計なお世話だっ」

探偵の頭を引きはがそうと、一度その後頭部に触れたタイミングで、

「お取り込み中ごめんなさいッ！」

ノックもなしに入ってきたのは、弥生《やよい》さんだった。卓袱台の横で寝転がり男同士で抱き合っている図に弥生さんは一瞬固まり、だが俺の言葉を待つ余裕はないらしく、そのまま部屋に入ってきた。

「ど、どうしたんですか」

「ろうしたんれすか」

俺に引きはがされた探偵が、ごろんと畳の上に転がりながら真似《まね》をし、自分でクスクス笑っている。すっかりただの酔っぱらいである。

「ごめんなさい不破さん、少しだけ匿《かくま》ってください。チンピラみたいな男が来ますけど、私はいないって、ここ数日姿を見ていないと言ってほしいんです……お願い！」

なにやらトラブルらしい。俺は、押し入れを開けて「こっちへ」と弥生さんを誘導した。ふすまが閉まるのとほとんど同時に階段を駆け上がってくる足音が聞こえてくる。

「きっと取り立て屋だ。弥生さんのお父さんも、借金があって大変なんだ」

俺は転がったままの探偵にそう囁く。探偵は美しい弓形《ゆみなり》の眉《まゆ》をちょっとだけ動かしただけで、なにも言わなかった。

ドカドカ騒々しい足音が近づき、隣の部屋、つまり弥生さんの部屋の扉を激しく叩《たた》く。

「おい！　出てこい！　隠れてたって無駄だからなッ！」

力任せに拳《こぶし》を叩きつけているらしい。振動が伝わって、うちのドアまでビィーンと震える始末だ。やがてチッと舌打ちの音が聞こえ、今度は俺の部屋のドアがノックされた。

「なんです？」

ドアを開けると、どこかで見覚えのあるチンピラ風情《ふぜい》が立っている。今日俺のところに来た奴らとは違うが、この顔はどこかで………。

「女、女見なかったか」

趣味の悪い配色の、縞《しま》のシャツで俺は思いだした。

「はい？　女って誰のことですか。いったいなんの騒ぎなんです。もう遅いんだからいいかげんにしてくれないと」

牛丼屋を出たあとに見た、女に股間蹴りを食らっていた男である。間違いない。こんなチンピラ風情が弥生さんに絡むなどもってのほかだ。

「ちょっとよォ、トラブってんだよ。ここの隣に住んでる女だよ、見てないか？」

俺は僅かに間をおいて、考えるふりをした。

「そういえば最近見てないな。……いや、おとといあたり、会ったかも？　大きな鞄《かばん》持ってたから、ご旅行ですかなんて話をしたような……」

「なんだと、ちくしょう！」

男は顔を真っ赤にして怒鳴った。唾《つば》がこっちまで飛んできそうで、俺は思わず上体をやや反らす。

「タカちゃーん、何事？　僕、警察を呼んだほうがいいのかな」

部屋の奥から探偵が声をかけてくる。なかなかいいタイミングだった。

男は慌てて「もう行くから」と後ずさり、もう一度隣の部屋のドアを苦々しい表情で一《いち》瞥《べつ》すると、帰っていった。俺はその足音が完全に消えるのを確認し、念のためドアを開けて目でも確かめる。それからやっと押し入れのふすまを開けた。

「弥生さん、いいですよ」

不安げな顔で出てきた弥生さんは、なんだかいつもと様子が違っていた。浮き世離れしたおっとりさが消え、着ている服もカットソーにジーンズである。片手には履いていたスニーカーと、旅行鞄にしては小ぶりのバッグを持っていた。

「ごめんなさい、迷惑をおかけして。すぐに行きますから」

今にも出ていきそうな弥生さんに、俺は今日仕入れたばかりの情報を教えようとした。同じような身の上なのだから、少しでも助けになりたかったのだ。

「あのですね、俺も聞いたばかりなんですけど、お父さんの借金で弥生さんが逃げ隠れする必要はないいんですよ。あんな取り立ては違法なんです。そういう場合は、ええと」

「金融監督庁」

探偵がどこか呆れたような声で補足する。

「そうそう、そこに言えばいいらしい」

俺の言葉に、ドアのほうを向きかけていた弥生さんが振り返り、ふっと保母さんめいた微笑みを見せた。しなやかな身体を改めてこちらに向けて頭を下げる。

「不破さん。いろいろとありがとうございました」

「あの」

彼女が、どこか遠くに行こうとしているらしいのは言外に伝わってくる。よほど追い詰められているのだろうか。

「私、時間がないので行きますね」

「どこに行くつもりなんです？」

「ここにはもう、いられないんです」

弥生さんのいつも優しく、時には頼りなさすら感じられた表情には、今や強い決意が滲《にじ》み出《で》ていた。事情を聞いている時間はないようである。

「一分、待ってください」

　俺は早口に言って、今まで彼女が入っていた押し入れに頭を突っ込み、行李《こうり》のいちばん底に敷いた古新聞の間に隠してあった封筒を取り出した。それをそのまま彼女に渡す。探偵はドタバタと動いている俺を、観察するようにただじっと見ていた。

「これ。持っていって」

「……え」

「少しだけど。本当に笑っちゃうほど少ないけど、あっても邪魔になるもんじゃないし」

　封筒はとても薄い。取り立て屋から逃げて、このアパートに入った時の中身は二十万円ほどだった。霞《かすみ》を食って生きているわけにもいかないから、少しずつ目減りしていって、今はたったの四万しか入っていない。

「でも、これ」

「いいんです。弥生さん、サンドイッチ作ってくれたり、おにぎり差し入れてくれたり……現場に顔見せてくれた時も、俺すごく嬉《うれ》しかったんです」

　彼女に、特別な感情を持っていたわけではない。……いや、ある種特別だったのだろうか。恋愛対象ではなかったが、母性に近いものは感じていたと思う。俺は母親を知らないまま育ったから、幻想的なマザコンの傾向がある。現場とコンビニの掛け持ちバイトでへばっている時、温かな差し入れは心の底から嬉しかったのだ。隣の部屋に、俺のことを、ほんのちょっとでも気にかけてくれる人がいることが、嬉しかったのだ。

「……ありがとう」

やっと弥生さんが封筒を受け取ってくれた。その瞳が、少しだけ潤んでいたように思えたのは、俺の都合のいい見間違いだろうか。

「では、お借りします。必ずお返ししますから」

餞別《せんべつ》だから返す必要はないと俺は答えたのだが、彼女は首を横に振って必ず返すと繰り返した。


こうして、弥生さんは俺の目の前から消えたわけだが——同時にいなくなった人がほかにもいる。

三田さんだ。

翌日、現場に出ると三田さんの姿が見えず、俺は風邪でもひいたのかと思っていたのだが、どうやらそうではないらしい。監督は詳しい事情を話してくれず、たかだかバイトの俺は誰に聞いたらいいのかもわからないまま、昼の休憩を迎えた。

「三田サンはよぅ、女に関しちゃものすごく高い理想を持ってンだ」

ガラガラ声で、六郷さんが言う。

「はあ」

昼休み、ユンボの陰でいちばん安いのり弁当をかきこんでいる俺の横に、突然六郷さんが座りこんだのだ。すでに食事はすませたのだろう、大きな手に、小さなヤクルト二本を持っている。

「飲むか」

「あ、すんません……」

「ヤクルトは身体にいいんだぞ」

六郷さんの隣で弁当を食べるのは、あまり身体によくない。このあいだも学生バイトが挨拶《あいさつ》がなってねぇ、と尻《しり》を蹴飛《けと》ばされていた。なんだか胃が縮みそうだ。

「あの、三田さんはいったい……」

「女と逃げたのさ」

「女?」

ヤクルトの紙ブタをぺしっと、親指の爪《つめ》で押し込んで開けながら、六郷さんはニヤリと笑う。

「三田サンは五十二、女は二十四だったかな。さすがだぜ、あの人は」

「ええっ、二十四?」

「おうよ、しかもこれがいい女よ。おまえの弟ほどの別嬪《べっぴん》じゃねえが、楚々《そそ》とした顔つきに反して剛胆で、ヘナチン野郎どもに貢《みつ》がせて暮らしてた」

貢がせて、というのはどういうことだろう。ホステスでもしていたのかなと想像したのだが、思っていたよりお喋り好きらしい六郷さんは自ら説明を加えてくれた。

「大きい声じゃ言えねえがな、どうもやり手の女結婚詐欺師だったらしいぜ」

「ええ？　結婚詐欺師ってのは普通男なんじゃないんですか？」

んなこたぁねえだろうよ、と六郷さんが首に巻いたタオルでヂンッと洟《はな》をかむ。

「色恋に弱いのは男も女も一緒だろうが。彼女はわざと安いアパートに住んでな、薄幸な女を演じるんだよ。男ってのは、幸薄い女に弱いんだなぁ、これが。俺が幸せにしてやるっ、て意気込んでな。十万、二十万くらいはすぐ用立てちまう。持ってる奴ならもっと出すさ。彼女が『いいの、そんなにしてもらったら困るわ』って言うほど財布の紐《ひも》は緩くならぁ」

「はあ。なるほどねぇ」

確かに、男にはそういう部分がある。

「ま、やってたことは誉《ほ》められねぇけどよ。けど、三田サンと知り合って、彼女はとうとう知ったわけさ」

「知ったって、なにをです？　――――うぐっ、ゲホホッ！」

背中をバシンと叩かれて、俺はもう少しで揚げチクワを吐き出しそうになった。

「なーに言ってんだ不破！　愛だよ。愛に決まってんだろう！　愛、愛！」

そ、そうですか。愛ですか。

俺は上がりかけたチクワを無理に飲み込む。吐き出したりしたらもったいない。

「ヤー公も絡んでたみてぇで、足抜けするのに相当揉めたんだよ。結局、ふたり、手に手を取って、逃げ出したわけだ。……あ、そうだ。おまえその女知ってるはずだぜ。一度ここに来たじゃないか、弁当の差し入れに」

「……え?」

飲み込んだチクワが、胃の上部でぴたりと止まった。

「そうだよ。三田サンとおまえで弁当受け取ってたじゃねえか、握り飯」

俺の自律神経が、内臓の蠕動《ぜんどう》活動を取りやめてしまったのだ。馬鹿らしくて、働いてられるかよ……たぶんそんな感じになっている。

「………」

「おまえ親しそうに話してただろ? えーとヤヨイさんか。ありゃ偽名かもしれんがな」

「………」

「コラ、不破、なに壊れてんだ?」

六郷さんが絶句している俺の脇腹《わきばら》を肘《ひじ》で突《つつ》いた。

壊れも、するさ。絶句もする。

三田さんの女? 結婚詐欺師? わざと安いアパートに住んでって……。

じゃ、俺の、あの四万は？

今の俺にとっては大金の、あの四万の立場は？

いや金に立場もクソもないわけだから、つまるところ俺の立場はどうなるんだよ。すごく馬鹿なんじゃないか俺って？

「馬鹿だよねぇ」

朗々とした、聞き覚えのある声に俺は顔を歪めた。……出たな、探偵。

「おう、またにーちゃんに会いに来たのか？」

六郷さんは俺と探偵が兄弟だと聞いているらしい。そして実にナチュラルに、その順番を間違えている。

「はい。ここの現場が終わったら、一緒に事業を始めようって誘っているんですけど、なかなかウンと言ってくれなくて」

事業？　探偵って事業っていうのか？

「そうなのか。不破、なんで弟を助けてやらんのだ。どうせおまえなんぞ足場が組めるわけでもなけりゃ、ユンボに乗れるわけでもないいんだ。ここで永遠に下働き続ける気でいんのか？」

だから、弟はこっちなんだってば！　俺は口を開きかけたが、結局言葉を呑《の》み込《こ》んだ。なんだか一気に虚脱してしまったのだ。

ああ、俺の四万円。

親方ァ、と六郷さんを呼ぶ声が聞こえて、オゥと大男が去っていく。またな、と探偵の頭をぽん、と軽く撫でていったが、この男がもうすぐ三十五だと知っていても、同じことをするんだろうか。

「はい、お仕事頑張ってください」

……するのかも、しれない。探偵の笑みを見ていたらそう思った。こんだけ綺麗な顔をしてりゃ、歳《とし》など関係なくみんなのアイドルだ。

それに、顔だけじゃない。いいかげん、俺もわかっている。この、兄かもしれない男が持つ独特の魅力は、外見に限ったことではないのだ。整いすぎた容貌から滲み出る、ある種の幼児性というか……純粋さというか。きっとそういうところに、多くの人は心を惹《ひ》きつけられるのだろう。

「タカちゃん、本当にぜんぜん気がついてなかったの、弥生さんのこと」

「三田さんとのことか？　わかるはずないだろうが」

「いやそっちはまあ、仕方ないとして。昨日押しかけてきたチンピラと弥生さん、前も揉めてたじゃないですか」

俺は弁当の容器をポリ袋に突っ込みながら、

「知らないぞ、そんなの」

と答えた。弥生さんが男と一緒にいるのなど見たことがない。

「見てるよ。あの時牛丼食べてたじゃない、僕と」

ペットボトルのキャップを取りかけたまま、俺は再び固まる。……あれが？　俺がバス代立て替えた、あの水商売っぽい女が？　あれって、弥生さんだったのか？

そういえば、サングラスの奥の目が。ルージュを薄くすれば口元が。輪郭が………。

——もう、ため息しか出ない。

四万プラス二百円分の、俺の善意はいったい……。

「うわ、気がついてなかったんだ。タカちゃんって、いったい女の人のどこ見てんの？」

「あんなに化けられて、わかるかよ……」

「僕、すぐわかった」

ああそうかい。いいよ。もう、なにも言うまい。

「でも、タカちゃんのそういうところが弥生さんは気に入ってたんだろうな」

「弥生さんが気に入ってたのは三田さんだろ……」

「ああ、恋愛の対象としてはね。でも、タカちゃんのことも好きだったよ彼女。差し入れなんかは、純粋な好意だった」

「わかるもんかよ。相手は女詐欺師だぞ。そうだ、俺の部屋に入った時も、きっと家探ししたり……」

なんだか際限なく疑心暗鬼になってしまうが、そんな俺を誰が責められるだろう。

「バッカだねぇタカちゃん。詐欺師はプロなんだから、ちゃんと相手を選びますって」

……探偵が、責めやがった。

「彼女の好意は本物だよ。まあ現場にまでお弁当届けたのは、三田さんを好きになっちゃったからですけどね。三田さんもタカちゃんをすごく気に入ってたから、あの時だって助けてくれたんじゃない。弥生さんと三田さん、ふたりの時もよくタカちゃんの話してたもの」

「なんでそんなことがわかるんだ。あんた俺より、ふたりのこと知らないじゃないか」

「知ってるよ。夢で見たから」

探偵の言う意味が、俺にはまったくわからなかった。

「は？　夢？」

「まあ、詳しいことはおいおい……でね、六郷さんもああ言ってることだし、そろそろ決心してくんないかな、仕事の件」

「……だから俺には探偵なんてできないって」

きっぱり言ってやったら、探偵のほうがムッとした顔で諭すような声を出す。

「なに図々しいこと言ってんの。探偵は僕だよ。タカちゃんは僕のアシスタント」

「……ああ、そう。けど、なにすんだよアシスタントって」

尋ねると、待ってましたとばかりに探偵が俺に身体を近づけて目を輝かせる。

「そんなにたいしたことじゃない。事務所の受付。電話応対。メールのやりとり。依頼人との打ち合わせ。細かい調査。尾行。書類書き。それからえーと、あ、これ大切。僕の煙草の火をつける係ね」

「……ちょっと待て。それって仕事のほとんど全部じゃないのか？　それに最後のはいったいなんなんだよ」

なんで俺がこいつの煙草の火をつけなきゃならないのだ。

「僕、甘ったれなんだよね。でも笑ちゃんはもう甘やかしてくれないから、せめてタカちゃんには甘えようと思って」

「思うなよそんなこと。だいたい、人を雇う金があるのかよ、あんたの事務所に」

「うん、問題はそこだ。まあ、飢え死にしない程度には払える。それに家賃がかからなくなるよ？　僕たちのマンションに一緒に住めばいい」

家賃がかからないという部分は魅力的だった。なにしろあのぼろアパートでも月に四万円もかかるのである。おまけに心のオアシスだった弥生さんももういない。

「……空いている時間に奥さん捜すのにも、ぴったりの仕事だと思うんだけどな」

「捜したいと思ってはいない」

「そう。ま、どっちでもいいけどね」

土嚢《どのう》の上からひょいと下りて、探偵は俺に名刺を差し出した。

「僕は明日から仕事だから、もうここには来られないんだ」

俺は黙って名刺を受け取る。

市羅木探偵事務所、探偵・市羅木真音《まおん》。そして住所と電話番号。

「またモデルのバイトか?」

探偵はウーンと伸びをしながらお気楽な声で「違うんだァ」と言った。ぐうっ、と上方向に伸びる身体は、美しいラインで撓《しな》っている。背中から翼が飛び出して、そのまま飛んでいきそうにも見えた。

「あれねー、なんかダメだったみたいで」

「どうして」

「花嫁より花婿が目立つのはマズイらしい」

俺は思わず笑ってしまった。なるほど、そりゃあ頷ける話だ。

「今度の仕事はちゃんとした、調査依頼。ま、浮気調査だけどね」

探偵が空に伸ばしていた腕を下ろす。飛んではいかない——あたりまえだ。

「だから、一日でも早くタカちゃんに手伝ってほしい。笑ちゃんも、待ってるし」

そこまで言われても、まだ俺は「行く」と答えられなかった。黙ったままの俺に微笑みをひとつ残し、探偵は帰っていく。

遠ざかる後ろ姿は細く儚《はかな》げで、それでいてどこか毅然《きぜん》としていた。

俺は土嚢の上にごろりと仰向けに寝る。

残り十分足らずの昼休みを、空を見上げて過ごした。継ぎ目が背中に当たってゴロゴロしたが、空はとても綺麗な青だった。

雲が結構な速度で流れていくのが見える。上空は風が強いようだ。

人間は、雲と違うから、なかなか流れるままには生きてゆけない。

俺の……俺たちの母親は雲どころか自由な風のように生きた女だったらしい。探偵はたったふたりの兄弟と言っていたが、案外まだどこかにいたりするかもしれない。

もっとも、俺は自分の母親について知っていることはほとんどなく、ただ今はもう生きていないことだけは、親父が死ぬ前に教えてくれた。

親父も、流れて生きる男だった。

それは望んだ生き方だったのか、ほかに術《すべ》を知らなかっただけなのか……。俺にはむしろ後者に思えるのだ。親父は、最後まで自分の居場所を探しながら、それに出合えずに死んでいったのかもしれない。

目に青が染《し》みて、瞼を閉じる。ふと会ったことのない姪っ子の顔が見たくなった。

それからしばらくして——。

幼稚園程度だと想像していたのに、なんと中学生だった姪っ子に、俺が厳しく仕事の基礎を叩き込まれていた頃——六郷さんから現金書留が転送されてきた。

宛先《あてさき》はすでに基礎工事を終えたあの現場気付だ。

封筒の中身は、きっかり四万と二百円。手紙は入っていなかった。

——必ずお返ししますから。

弥生さんは、約束を守ってくれたのだ。

探偵が背後から近づき、俺の背中にぴったりとくっついて肩越しに書留封筒を見る。そして「おや、臨時収入だ」と小さく呟いたあと、

「なんか美味《おい》しいモノ、食べに行こっか」

などと図々しいことを言いやがった。

あとがき

ひと月ぶりで、榎田尤利《えだゆうり》です。

外では春雨が降っております。風情《ふぜい》はありますが洗濯物が乾きません。そろそろシーツを洗いたい、いや洗うべきだろう、つかむしろ洗え、という感じの榎田尤利です。

二冊目の『眠る探偵』はいかがでしたでしょうか。

今回はタカちゃんと探偵の出会い編もついております。こちらのほうは、ジュネノベルズさんより出た『眠る探偵』にも収録されていたので、すでにお読みだった方もいらしたかもしれません。本編の『鏡よ、鏡』は書き下ろしです。

このシリーズを書いていて、一番書きやすいのは誰かと申しますと、東《あずま》だったりします。この人はなぜだかすらすら書けるのです。相棒のガヤさんもかなり書きやすいですね。ちなみに萱野《かやの》が姓なのでつい「カヤさん」と呼びたくなるかもしれませんが「ガヤさん」なのです。なぜかというと名前が雅也《まさや》で、音読するとガヤだから。どうでもいい小ネタなのですが、ご参考までに。ってなんの参考だろう……。

主人公の探偵は、実はわりと書きにくいのです。腹でなにを考えているのか、まだ作者である私にぜんぶ見せてくれないところがあります。タカちゃんと笑子《えみこ》は探偵よりは書きやすく、そして槇《まき》は書きやすいを通り越して、勝手に指が動きます。槇の言動について、ほとんど悩むことはありません。なぜなのか、私にもわからないのですが。

さて、このたびもイラストの石原理《いしはらさとる》先生をはじめとして、多くの方々のお力添えで拙作を発行することができました。この場をお借りして、深く御礼申し上げます。

さらに読者のみなさまにも、心からの感謝を捧《ささ》げます。みなさまのご愛読があるからこそ、私は次の作品を生み出せるのです。本当にありがとうございます。

当シリーズはまだ続きますが、次にお会いできるまで、ちょっと間が空いてしまうかもしれません。ご意見、ご感想など、いつでも首をにょろりと伸ばして、お待ちしております。ネット環境にある方は、公式サイトにも遊びに来てくださいませ。

それでは、また次作にてお会いできますように。

２００５年　春の雨、やわやわ降る頃　　榎田尤利　拝榎田尤利先生の『鏡よ、鏡』、いかがでしたか？
榎田尤利先生、イラストの石原　理先生への、みなさまのお便りをお待ちしております。
榎田尤利先生へのファンレターのあて先
〒112-8001　東京都文京区音羽2―12―21　講談社　X文庫「榎田尤利先生」係
石原　理先生へのファンレターのあて先
〒112-8001　東京都文京区音羽2―12―21　講談社　X文庫「石原　理先生」係

N.D.C.913　238p　15cm

榎田尤利（えだ・ゆうり）

講談社X文庫

7月生まれ、蟹《かに》座。東京在住。

2000年「夏の塩」（成美堂・クリスタル文庫）にてデビュー。以後、ボーイズラブとファンタジーの両ジャンルにて活動中。

趣味は新作カップ麺《めん》の味見。

公式サイトあります。

http://kt.sakura.ne.jp/~eda/

white heart

鏡《かがみ》よ、鏡《かがみ》　眠《ねむ》る探偵《たんてい》Ⅱ

榎田尤利《えだゆうり》

●

2005年5月5日　第1刷発行

定価はカバーに表示してあります。

発行者——野間佐和子
発行所——株式会社 講談社
東京都文京区音羽2-12-21 〒112-8001
電話 編集部 03-5395-3507
販売部 03-5395-5817
業務部 03-5395-3615
本文印刷—豊国印刷株式会社
製本———株式会社千曲堂
カバー印刷—信毎書籍印刷株式会社
本文データ制作—講談社プリプレス制作部
デザイン—山口　馨

ISBN4-06-255799-1

ホワイトハート最新刊